EIN ß STEHT SELTEN ALLEIN

Für Mama

∞

31 Stories für jede Lebenslage

Buchbeschreibung:

Dieses Buch nimmt den Leser mit auf eine abwechslungsreiche Reise quer durch verschiedene Genres. Hier macht er unter anderem Bekanntschaft mit Cyber-Omis, gespenstischen Verlobten, tierischen Polizeiverbündeten oder erlebt die erstaunliche Wandlung eines Ex-Präsidenten.

Nachdenklich bis tragisch. Komisch bis bissig-satirisch. Kriminalistisch. Spannend. Geheimnisvoll. Märchenhaft.

31 Geschichten zum Lachen, Weinen, Nachdenken und Wundern.

Über die Autorin:

So bunt und vielseitig wie ihre Heimat Nordrhein-Westfalen sind auch die Geschichten, die sie schreibt. Die Autorin lebt mit ihrem Ehemann in der Nähe von Dortmund. Das Zuhause teilen sie sich mit zwei Katzen. Im Jahr 2018 stürzte sie sich nach einer langen Schreibpause erneut in das Abenteuer Schreiben. Seitdem skizziert sie phantasievoll und einfühlsam den alltäglichen Wahnsinn auf unterschiedlichste Weise in ihren Geschichten.

EIN B STEHT SELTEN ALLEIN

Bettina von Hobe

31 Stories für jede Lebenslage

Bibliografische Information der Deutschen Nationalbibliothek: Die
Deutsche Nationalbibliothek verzeichnet diese Publikation in der
Deutschen Nationalbibliografie; detaillierte bibliografische Daten
sind im Internet über dnb.dnb.de abrufbar

1. Auflage, 2021
© 2021 Bettina von Hobe

Covergestaltung: Bodo Bertuleit, Dein-Buchcover.de

Herstellung und Verlag: BoD - Books on Demand, Norder-
stedt

ISBN: 9783754373835

Inhalt

„Über jedem guten Buch
muss das Gesicht des Lesers
von Zeit zu Zeit hell werden."

(Christian Morgenstern)

Drei in Eins

Pleite! Zu allem Übel war jetzt auch noch seine kostspielige Frau dahintergekommen. Die packte gleich ihre Koffer, nachdem sie einem heftigen Wutanfall freien Lauf gelassen hatte. Der nunmehr mittellose Helge saß vor dem Foto seines verstorbenen Vaters und hielt einsame Zwiesprache mit dem Dahingeschiedenen. Zu Lebzeiten war dieser ein gewitzter Geschäftsmann gewesen, der Helge in seiner misslichen Lage jetzt sicher mit Rat und Tat unterstützt hätte.

Helges Blick fiel auf die Konservendose Campbell's Tomato-Soup, original aus dem Jahr 1962. Die Rarität war auf Vaters Schreibtisch neben dem Telefon platziert.

So oft Helge das Foto auch betrachtet hatte, die Dose darauf war ihm nie aufgefallen. Typisch für Papa! Er hatte auf dieses Kleinod immer sorgsam achtgegeben.

»Für schlechte Zeiten«, hatte er mitunter gesagt und dabei bedeutungsvoll gezwinkert.

»Die Zeiten könnten kaum schlechter sein«,

klagte der Pleitier und schickte einen Stoßseufzer hinterher.

Dann, einer Eingebung folgend, marschierte Helge hinunter in den Keller. Die Suppe musste dort noch irgendwo lagern. Er kramte in Schränken und Kisten, bis er endlich die Konserve in den Händen hielt. Schließlich betrat er die Küche und fingerte einen Dosenöffner aus der Besteckschublade.

Der Inhalt war nicht der Erwartete. Statt roter Brühe, nach all der Zeit vermutlich verdorben, erblickten seine Augen ein weißes Pulver. Zucker! Wieso denn Zucker? Oder war es Salz?

Helge bohrte seinen angefeuchteten Zeigefinger in die noch nicht identifizierte Masse und schleckte die Substanz ab. Seine Stirn legte sich in Falten, denn es handelte sich weder um das eine noch um das andere. Abwechselnd betrachtete er seinen Finger und das Pulver in der Suppendose. Sieht aus wie Schnee, dachte Helge.

Just kam ihm ein unerhörter Verdacht.

»Papa, du Schlitzohr. Das hätte ich niemals von dir erwartet«, wetterte er entrüstet. Was fing er mit dem Zeug jetzt an?
Verkaufen? Diese Idee verwarf Helge sofort wieder. So etwas machten nur Kriminelle.

Papa posthum zu denunzieren, kam auch nicht in Frage. Andernfalls hätte er den Stoff der Polizei übergeben.

Also blieb nur eine Option. Ab in den Müll mit dem unliebsamen Fund. Noch bevor er den Deckel des Abfalleimers geöffnet hatte, erinnerte Helge sich daran, dass man Drogen im TV immer in der Toilette entsorgte. Da zeigte es sich wieder einmal, Fernsehen bildete.

Auf dem Weg Richtung WC fiel ihm aus heiterem Himmel sein alter Sandkastenfreund Luigi ein. Mit dem hatte er lange nicht mehr gesprochen. Helge stellte die Dose erstmal beiseite und wählte die Nummer seines Buddys.

Luigi freute sich über den Anruf und noch mehr über die Aussicht auf ein lukratives Geschäft. »Ich spreche mit der Familie«, sagte er und gab Anweisungen.

»Aha«, wiederholte Helge die Instruktionen. »Zehn-Gramm-Portionen abwiegen, in kleine Plastiktütchen füllen und verschließen.« Das war alles!

Schon abends käme ein Kurier vorbei, um die Ware abzuholen. Luigi sicherte Helge ein Honorar von zwanzigtausend Euro zu. Gar nicht mal so schlecht in Zeiten der Not, fand dieser.

Luigi war ein netter Mensch, sinnierte Helge. Immer so hilfsbereit. Die ganze sizilianische Großfamilie hatte eine ausgeprägte soziale Ader. Voller Hingabe unterstützten sie Restaurantbetreiber und Kneipenwirte in Sicherheitsfragen.

Helge stellte die benötigten Utensilien zusammen. Ein Tablett sowie die Dose mit dem Pulver. Als Briefmarkensammler lagerte er sogar kleine Plastikhüllen. Es fehlte nur noch etwas zum Abwiegen.

Wozu lange Suchen? Es gab jemanden, den er fragen konnte: »Mama Mia«, rief er. »Wo finde ich die Küchenwaage?«

Mama Mia war seit Jahren die gute Seele im Hause Oswald. Unbemerkt wie die Heinzelmännchen sorgte sie Tag für Tag für eine wohnliche Atmosphäre und strahlende Sauberkeit. Diskret hielt sie sich stets im Hintergrund.

»Unten links im Schubladenschrank, Chef«, kam prompt die Antwort aus dem hintersten Winkel des Hauses.

»Danke Mama Mia«, rief Helge dem emsigen Hausgeist zu und stellte die Waage zu den anderen Gegenständen auf das Tablett.

Endlich saß er vollständig ausgerüstet auf dem Sofa. Bereit für die Abfüllaktion.

Dem standen einzig und allein seine Grübeleien im Wege. Die veranlassten ihn auch dazu, sich völlig geistesabwesend wieder zu erheben. Das Tablett auf seinen Knien hatte er dabei komplett vergessen. Alles flog im hohen Bogen auf den Teppich.

Helge schlug sich die Hände vors Gesicht. »Oh, no!«, schrie er aus und traute sich gar nicht, hinzuschauen. Vorsichtig lugte er zwischen zwei Fingern hindurch und sah das Dilemma.

Um Fassung ringend meinte er, ein Tropfen Alkohol zur Beruhigung wäre ratsam, bevor er alles wieder in Ordnung brächte.

Die letzte Flasche seiner bevorzugten Rotweinmarke befand sich ebenfalls im Keller.

Dort unten griff Helge außerdem zu Kehrschaufel und Besen, um damit das Kokain zurück in die Dose zu befördern. Ein wenig Staub darin sollte kein Problem darstellen, es sei denn für einen Allergiker.

Helge, nicht bekannt für seine Schnelligkeit, hatte einige Minuten Zeit benötigt, bis er wieder im Wohnzimmer eintraf. Dort traute er seinen Augen nicht. Der Fußboden war porentief rein. Das Tablett mit den Utensilien stand wieder ordentlich auf dem Tisch. Um Himmels willen! Sofort rannte er in die Küche und suchte nach

Mama Mia. Zu spät. Die sah er nur noch durch das Fenster freundlich winkend in ihrem Cabrio davonbrausen. Er winkte zurück und erklärte seine fleißige Haushälterin zu einem übereifrigen Trampel.

Hoffentlich hatte sie nicht obendrein den Beutel ausgewechselt, überlegte er und schleppte den Staubsauger stöhnend ins Wohnzimmer.

Auf irgendeine Art musste er das Zeug in die Tütchen bekommen. Zuvor öffnete er aber die Weinflasche, schenkte sich ein und kippte das Glas mit dem edlen Tropfen in einem Zug hinunter. Langsam entspannte er sich.

Draußen dämmerte es schon. Während Helge darüber nachdachte, wie er dem Saugmonster zu seinen Füßen das begehrte Pulver wieder abringen konnte, positionierte sich im Garten der Drogenkurier und richtete das Zielfernrohr seines Gewehres aus. Ein schallgedämpfter Schuss reichte aus, um zum Nulltarif an die Ware zu kommen.

Derweil wurde es Helge flau im Magen. Sein Zustand war bedenklich. Das Herz raste. Das Atmen fiel ihm schwer.

Schlagartig war das letzte Licht des Tages der nächtlichen Dunkelheit gewichen. Ein paar Stunden nur und ein neuer Tag bräche an. Das war so sicher wie das Amen in der Kirche. Nur nicht für Helge, der musste nun den Löffel abgeben.

Die kluge Ehefrau sorgt vor. So auch Frau Oswald. Seit dem Abschluss der hohen Lebensversicherung für ihren Gatten hatte sie für alle Fälle ein Fläschchen Gift in ihrem Kosmetikkoffer deponiert. Die Anwendung war todsicher, wie der Verkäufer im Darknet glaubhaft versichert hatte. Frau Oswald war äußerst zufrieden mit der unkomplizierten und freundlichen Abwicklung des Handels. Deshalb bewertete sie den Anbieter mit fünf Sternen und dem Kommentar: jederzeit gerne wieder!

Es war nicht schwierig gewesen, die Rotweinflasche mit dem Wirkstoff zu präparieren. Bei ihrem Auszug hatte sie das Haus dann mit dem guten Gefühl verlassen, in naher Zukunft wieder über ausreichend finanzielle Mittel zu verfügen.

Helge kämpfte seinen finalen Kampf. Mühsam erhob er sich ein letztes Mal vom Sofa. Das Zimmer war hell erleuchtet. Zum Sterben eher unpassend. Aber des einen Leid, des anderen Freud. Denn dem Schützen im Garten erleichterte es die Arbeit. Es war ein sauberer Schuss direkt ins Herz. Die Kugel traf gleichzeitig mit dem Herzstillstand ein, den das Gift im Wein ausgelöst hatte. Was für ein Timing!

Helge stürzte unglücklich. Bevor auch das Gehirn endgültig abschaltete, knallte er mit dem Hinterkopf höchst übel auf den Staubsauger. Die tödliche Kopfverletzung fiel unter den gegebenen Umständen überhaupt nicht ins Gewicht. So war Helge nun mal. Immer tollpatschig.

Seine letzte Station war der kühle Keller der Pathologie. Die Leiche auf dem Tisch gab Rätsel auf. Todesursache und -zeitpunkt konnten nicht zweifelsfrei geklärt werden.

Deswegen verweigerte die Lebensversicherung die Auszahlung. Die Witwe war außer sich.

»Natürlich!«, fluchte sie erbost. »Auf Helge konnte ich mich noch nie verlassen!«

Männer morden anders

Lothar Lehmann sah auf seine Armbanduhr und dann wieder in das bleiche Gesicht der Verdächtigen. Mit den Fingern trommelte er auf der Tischplatte herum. Gerade in diesem Moment war der Anpfiff seiner Lieblingsmannschaft.

»Reden Sie endlich!«

Pia Berger atmete tief ein und senkte ihren Blick. »Wie oft denn noch? Ich habe nichts mehr zu sagen«, müde wischte sie sich mit der Hand durchs Gesicht. »Ich bin unschuldig!«

»Genau das, meine Liebe, glaube ich nicht. Haben Sie es sich überlegt?«

Pia blickte ihn fragend an.

»Immer noch keinen Rechtsbeistand? An Ihrer Stelle würde ich nicht darauf verzichten.«

»Doch! Ich brauche keinen Anwalt« erwiderte Pia verängstigt.

Lehmanns junge Kollegin lächelte ihr aufmunternd zu. »Der Hauptkommissar hat Recht. Denken Sie besser noch einmal darüber nach. Noch Kaffee, Frau Berger?«

Pia winkte ab.

»Also, halten wir noch einmal fest!« Lehmann blätterte in der Akte und knallte sie zurück auf den Tisch. »Sie hatten ein Motiv und die Gelegenheit. Was Sie nicht haben, ist ein Alibi. Dann ist da der Zeuge, der Sie am Tatabend vor dem Haus des Opfers gesehen hat. Und die Bits und Bytes auf Ihrem Computer sprechen eine ganz eigene Sprache.«

Trotz der Erschöpfung machte Pia sich gerade in ihrem Stuhl. »Eine Verwechslung! Seit damals war ich kein einziges Mal mehr bei Tom. Ehrlich, Herr Kommissar!« Sie schloss kurz die Augen. »Was bitteschön meinen Sie denn damit? Was ist mit meinem PC? Ich verstehe das alles nicht.« Ratlos hob sie die Arme und ließ sie wieder sinken.

»Seit Stunden halten Sie mich hier fest. Bezichtigt, meinen Ex-Verlobten ermordet zu haben.« Eine einsame Träne rollte ihr die Wange hinunter, als sie weitersprach. »Sie glauben wirklich, dass ich das getan habe! Und dann noch auf diese Weise? Ich sagte doch schon, ich kann es gar nicht gewesen sein. Selbst, wenn ich es gewollt hätte. Meine Phobie ...«

Lehmann blieb ungerührt. Auf die Tränenmasche fiel er nicht herein. Das hatten vor ihr bereits viele andere versucht.

»Hören Sie doch auf! Ihre Phobie, die nehme ich Ihnen schon gar nicht ab.«

»Aber ich ...«

»Das würde ich an Ihrer Stelle auch behaupten«, polterte Lehmann wieder dazwischen. »Ihr Ex hat Sie auf ziemlich üble Weise abserviert.«

Der vertrauliche Ton und die gedämpfte Stimmlage seiner Kollegin irritierten Lehmann, als diese sich über den Tisch zu Pia hinüber neigte: »Mal ehrlich, wenn mein Freund nach zwei Jahren Beziehung per SMS mit mir Schluss machte, würde ich auch Rachepläne schmieden. Und dann dieses Foto von ihm und seiner Neuen, einer langbeinigen Blondine.« Die Nasenflügel der Polizistin zitterten leicht, so dass sich das Piercing hin und her bewegte. Sie scrollte in Pias sichergestelltem Handy. »Hier, dieses Foto. Und noch schlimmer der Begleittext: *Tschüss Pia! Wie du siehst, habe ich mich verbessert.* Drunter drei winkende Emojis. Widerlich! Echt widerlich!«

Lehmann spielte derweil mit dem Kugelschreiber zwischen seinen Fingern und musterte die junge Beamtin. Unangemessen, wie sich das Mädel da reinhängte. Glaubte die etwa, das brächte sie hier auch nur einen Schritt weiter? Frauensolidarität?

Beim Wort Blondine griff sich die zierliche Pia unwillkürlich in ihr schwarzes Haar. »Natürlich war ich damals verletzt. Aber das ist doch Schnee von gestern. Es ist ein halbes Jahr her.«

»Nicht gerade viel«, fand Lehmann.

»Tja, ich habe eben schnell begriffen, dass er es nicht wert war. Ich war einfach nur wütend.«

»Sehen Sie! Wenn das kein Bilderbuchmotiv ist.« Der Kommissar verschränkte die Hände hinter dem Kopf und lehnte sich in seinem Sessel zurück. »Übrigens, so tötet nur eine Frau. Das kann kein Mann gewesen sein. Männer morden anders!«

»Wer ist denn überhaupt dieser ominöse Zeuge?«, wollte Pia wissen.

Erwartete sie eine Antwort darauf? War sie so naiv oder eher so abgebrüht? Lehmann taxierte die Verdächtige und erwiderte: »Darüber darf ich keine Auskunft geben! Wieso fragen Sie?«

»Aber nicht Marc Schneider? Der wohnt da nämlich. Wissen Sie, dass ich den mehrmals abgewiesen habe?«

»Und?«, warf Lehmann hin.

»Ein echt unangenehmer Kerl. Ein richtiger Freak. Seine Belästigungen wurden immer massiver. Ich kannte ihn durch Tom. Sie waren Arbeitskollegen und Nachbarn. Vielleicht will der mir etwas anhängen? Aus Rache!«

»Mmmh, interessanter Gedanke.« Ein schiefes Lächeln begleitete den ironischen Unterton des Kommissars.

Die junge Beamtin tippte eifrig etwas in ihr Tablet. Lehmann verdrehte die Augen. Fräulein Oberschlau wieder, dachte er. »Sie müssen das nicht mitschreiben. Es gibt derzeit keine Hinweise darauf, dass der Mann etwas mit dem Mord zu tun haben könnte, und ich sagte doch schon …, ach egal.«

Dann wandte er sich wieder der Verdächtigen zu. »Die Dateien auf Ihrem Computer konnten wir lückenlos wiederherstellen. Sie haben sie im Darknet bestellt.«

»Darknet? Was? Wovon reden Sie eigentlich? Das ist absurd. Ich habe noch nie etwas im Darknet bestellt. Vielleicht ein …«

Er kam ihr abermals zuvor: »Und jetzt kommen Sie mir nicht damit, dass sie gehackt wurden.«

Wieder warf Kommissar Lehmann einen Blick auf die Uhr. Gleich war Halbzeit! Zu gerne hätte er den Spielstand gewusst.

Pia unterbrach seine Gedanken.

»Außerdem war dieser Marc Schneider hinter Toms Job her. Als nicht er, sondern Tom befördert wurde, waren einen Tag später alle vier Reifen an Toms Auto zerstochen. Und der war sich sicher, dass nur Marc dahinter stecken konnte.«

»So weit, so gut, Frau Berger.« Lehmann zog das Mikro näher zu sich heran: »Der Mann soll reinkommen, bitte.«

Einen Augenblick später öffnete sich die Tür und jemand trug einen abgedeckten Behälter in den Verhörraum.

»Auf den Tisch«, wies der Ermittler den Experten an. Der junge Typ stellte die Box ab und wartete auf weitere Instruktionen.

»Nun nehmen Sie schon die Abdeckung runter.« Auf die Reaktion der Beschuldigten war Lehmann überaus gespannt. »Voilà, die Tatwaffe. Phoneutria - zu deutsch Bananenspinne. Eine der Giftigsten ihrer Art.«

Er beobachtete die Verdächtige genau. Keine Regung, keine Spur von Angst oder Hysterie. Sie saß ungerührt da und schaute auf die achtbeinige Polizeiverbündete. Die Schlinge der Indizienkette zog sich immer enger um ihren Hals. Sicher gestand sie bald.

»Na, wo ist sie denn, Ihre Phobie? Sie sitzen hier seelenruhig herum und mustern das Tierchen.«

»Chef, Chef. Hören Sie auf! Sehen Sie denn nicht, dass es Frau Berger schlecht geht?«

Noch bevor die Kommissarin ihren Satz beendet hatte, fiel Pia einfach vom Stuhl und knallte unsanft auf den Boden.

»Schnell, der Notarzt soll kommen!« Lehmanns Kollegin war mit einem Satz bei der Bewusstlosen. Der Arzt verabreichte Pia zwei Spritzen und hängte sie an einen Tropf, bevor sie ins Krankenhaus abtransportiert wurde.

Lothar Lehmann stand mit gesenktem Kopf am Tisch des Verhörraumes. Die Hände hatte er in den Hosentaschen vergraben. »Doch 'ne Phobie.« Ungläubig schüttelte er den Kopf. »Der Tatverdacht gegen Pia Berger hat sich als falsche Spur erwiesen«, gab er zu Protokoll und schloss die Akte.

Wenigstens schaffte er es jetzt noch zur zweiten Halbzeit.

Hitchcock lässt grüßen

Einer der ersten Frühlingstage hatte sogar die bequemste Couchpotato aus dem Haus getrieben. Das kleine, sonst so verschlafene Nest war an diesem Tag kaum wiederzuerkennen. Auf dem Marktplatz wimmelte es wie in einem Ameisenhaufen. Sogar die Kids mit ihren Skateboards mischten sich unter das Volk. An der Bushaltestelle hatten sich so viele Wartende versammelt, dass man den Eindruck gewann, es gäbe Freifahrttickets.

Selbst das altmodische Café erzielte heute noch einmal stattliche Umsätze, bevor es endgültig in die Insolvenz ging. Sämtliche Tische draußen waren besetzt und mit Leckereien überladen. Wer dachte an so einem herrlichen Tag schon an Vollwertkost?

Das betagte Ehepaar auf der Bank am Brunnen reckte synchron die alten Knochen, während beide ihre Gesichter wohlig der Sonne entgegenstreckten. Ein in die Jahre gekommener rheumatischer Hund döste entspannt zu ihren Füßen.

Er war auch der Erste, der sich mühsam auf seine kurzen Beine stellte, die Ohren spitzte und nervös Löcher in die Luft starrte. Nach und nach verstummte das Stimmengewirr der Leute. Stattdessen näherte sich ein ohrenbetäubendes Kreischen. Der Himmel wurde von einem riesigen Schwarm verdunkelt. Vogel für Vogel ließ sich auf dem Marktplatz nieder. Die Tiere wirkten aggressiv.

Während die Schwarzgefiederten das Geschrei eingestellt hatten, hörte man jetzt einzelne Personen angsterfüllte Schreie ausstoßen.

Na, hier wurde ja zum »Internationalen Alfred-Hitchcock-Tag« echt was geboten. Wahrhaft gelungen und realitätsnah das ganze Spektakel.

Die panische Menge hatte gewiss keine Kenntnis darüber, dass es sich um eine Animation handelte.

Schöne, neue Welt. Virtuell Reality 2.0.

Im Vorgarten von Eden

Manchmal, wenn man sich ganz innig etwas wünscht, dann können Herzenssachen in Erfüllung gehen. Nicht nur im Märchen. Egal, wie illusorisch dein Begehren ist, halte fest daran. Vielleicht geschieht ein Wunder.

Judith hatte so einen Wunsch. Ihre Zwillingsschwester war durch einen tragischen Unfall schlagartig aus dem Leben gerissen worden. Es schien eine unlösbare Aufgabe für Judith zu sein, ohne Jana weiterzuleben. Wie eine Gefangene hielt sie der Schmerz fest in seinem Kerker. Sie wünschte sich nichts sehnlicher, als wieder mit ihrer zweiten Hälfte vereint zu sein.

Judith besuchte Jana an ihrem Grab. Sie setzte sich auf eine Bank gegenüber der Ruhestätte. Dort dachte sie intensiv an die Zeit zurück, in der sie Kinder waren. Bilder tauchten auf. Zwei Mädchen auf einer sommergrünen Wiese, Hand in Hand. Flatternde Haare im Wind, geblümte Kleider. Die Erinnerungen an glückliche Zeiten spendeten keinen Trost.

»Du musst durch die Pforte gehen!«, hörte sie mit einem Male ein Flüstern in ihrem Kopf. Wie aus dem Nichts erschien eine Türe vor ihren Augen, deren goldglänzende Flügel sich langsam auftaten. Zögernd setzte der verwaiste Zwilling den ersten Fuß über die Schwelle und zog den zweiten hinterher.

Jenseits des Tores durchtränkte silberdurchwirktes Licht Judiths gemarterte Seele und ließ alle Wunden im selben Moment heilen. Vor ihr stand Jana. Die Zwillinge fielen sich wortlos in die Arme. Judith spürte deutlich die Wärme ihrer Schwester, als sie einander umklammerten. Sie waren wieder vereint.

Judith drehte sich selig um ihre eigene Achse, dabei breitete sie die Arme aus. »Wo sind wir? Es ist so wunderschön hier.«

Gemeinsam standen sie auf einem Hügel und schauten in die Ferne. Am Fuße der Anhöhe schmiegte sich glitzerndes Wasser sanft an Land. Das Gras reichte ihnen bis zu den Knien, die Grüntöne in Schattierungen, die Judith nie zuvor gesehen hatte. An diesem Ort schienen die Grenzen des Farbspektrums aufgehoben zu sein. Die Landschaft explodierte in unzähligen Nuancen von durchscheinend bis intensiv.

Judith pflückte zwei sonnengebadete Blüten und steckte eine davon Jana ins Haar, die andere sich selbst. Alle Sinne schienen sich miteinander zu verknüpfen. Farben hatten Töne. Töne verströmten Düfte. So waren sie umgeben von einer ständigen, alles durchdringenden Symphonie des Lebens.

Die Schwestern liefen den Hügel hinab zum Wasser. Jede Bewegung war so mühelos, als ob die Schwerkraft hier nicht wirkte.

»Jana, ich fühle mich so leicht. Wenn ich Flügel hätte, könnte ich fliegen.«

»Du kannst es, du musst es nur richtig wollen. Dann geht es ohne Flügel«, ermunterte Jana ihre Schwester.

Die Kommunikation per Gedankenaustausch verlief so natürlich, dass Judith es nicht einmal bemerkte.

Sie betrachtete ihre Schwester. Wie schön sie war. Es ging ein Leuchten von ihr aus. Lichtdurchflutet stand sie da in ihrem fein gewebten Kleid. Keine Spur mehr von den schweren Verletzungen, die der LKW ihr zugefügt hatte.

Judith erfuhr, dass sie sich in einer Zwischenwelt befanden, im *Vorgarten von Eden*. Hier hielten sich die Verstorbenen auf, die noch nicht loslassen konnten. Das Refugium bot ihnen die Möglichkeit, eine endgültige Trennung vom Erdendasein zu vollziehen. Durchreisende, die früher oder später ins Licht gehen mussten. Auch Jana.

»Du musst jetzt zurück, Schwesterchen!« Jana zog sie zum Tor auf dem Hügel. Noch einmal umarmten sie sich, bevor Judith energisch durch die Pforte geschoben wurde. Augenblicklich fand sie sich auf dem Friedhof am Grab ihres Zwillings wieder. Das Portal war verschwunden.

Der früh hereinbrechende Winterabend schluckte das letzte Licht der Dämmerung. Judith lief den schmalen Weg entlang zum Ausgang. Alles wirkte auf sie, als sähe sie es zum ersten Mal.

Wie trist es hier war, wie glanzlos. Heute ließen sich nicht einmal die Sterne am Himmel blicken. Schwarze Wolken hatten sich vorgedrängelt. Zum Greifen nahe zogen sie über Judiths Kopf dahin. Auf ihren Schultern trug sie die Last der tiefen Traurigkeit durch den Abend. Von den Glücksgefühlen auf der anderen Seite hatte sie kein bisschen hinüberretten können. Judith fasste sich ins Haar, um nach der Blüte zu greifen. Da war nichts. Aber in ihrer Handinnenfläche klebten winzige schillernde Partikel.

Seit dem magischen Erlebnis saß die Trauernde täglich an Janas Grab. Wie eine Besessene betete sie darum, erneut Zugang zu der himmlischen Welt ihrer Schwester zu erhalten. Aber das Tor erschien nicht mehr.

So blieb nur ein einziger Weg, um wieder in den Vorgarten Edens zu gelangen. Judith überlegte sich, wie sie Gevatter Tod dazu bringen konnte, sie schnellstmöglich abzuholen. Sie aß nicht mehr, sie trank kaum noch etwas. Ihr Lebensfaden wurde immer dünner.

Leicht machte sie es sich nicht. Die Gedanken kreisten endlos in ihrem Kopf:

Hatte sie das Recht dazu? Wurde über Leben und Tod nicht woanders entschieden?

Andererseits ertrug sie den Schmerz nicht mehr. Ein Dasein ohne ihre Schwester war unvorstellbar. Aber landete sie denn tatsächlich bei Jana, wenn sie diese Reise antrat?

Drüben fühlte sie sich so leicht und glücklich, wieder beisammen mit der Schwester. Sie musste es tun.

Ein neuer Tag brach an, geprägt von Grautönen, so wie eine endlose Reihe von Tagen zuvor. Heute würde sie es vollbringen, an Janas Grab!

Unterwegs zum Friedhof war es ungewöhnlich still. Der Bodennebel schluckte die Geräusche des Verkehrslärms. Sie stand im Schneematsch an der Ampelkreuzung, als ein bunter Ball auf die Straße rollte. Ein Farbklecks inmitten der trüben Brühe. Instinktiv stellten sich ihre Sinne scharf. Nur einen Wimpernschlag später jagte ein Knirps dem Spielzeug hinterher. Mit aller Kraft riss Judith den kleinen Jungen an seiner Kapuze zurück. Zusammen mit ihm fiel sie nach hinten auf den Gehweg. Autos rasten an ihnen vorbei. Das war knapp.

Nun traf die Mutter des Kleinen ein. Zitternd standen die beiden Frauen am Straßenrand, zwischen sich ein Kind, das ohne Judith vermutlich sein Leben verloren hätte. Tränenreicher Dank und ein gemeinsamer Kaffee zögerten Judiths Vorhaben hinaus. Die Kindsmutter war eine nette Person. Sie tauschten Telefonnummern aus, um in Kontakt zu bleiben.

Die werde ich nicht mehr brauchen, dachte Judith beim Abschied und zerknüllte den Zettel mit der Rufnummer in ihrer Manteltasche.

Nach dem Kaffee setzte Judith ihren Weg fort. Endlich saß sie auf ihrem Platz an Janas Grab, da rissen die Wolken unvermutet auf und gaben den Blick auf ein Fleckchen himmelblau frei.

Judith nahm den zerknüllten Zettel aus ihrer Manteltasche und strich in glatt.

Heute hatte sie einem Kind das Leben gerettet. Wäre sie tot, hätte sie nicht eingreifen können. Wer wusste schon, welche Aufgaben das Dasein noch für sie bereithielt?

Judith erhob sich von der Bank und machte sich auf den Weg nach Hause. Es war an der Zeit, das Leben wieder in die Hand zu nehmen.

Das Märchen von den verlorenen Märchen

Lange vor unserer Zeit lebte ein weiser Mann namens Aberlin. Sein ergrauter Bart fiel ihm beinahe bis auf den Bauch und sein Gewand trug geheimnisvolle Zeichen. Niemand wusste, wo er einst hergekommen war. Er lebte bei den Tieren im Wald. Manchmal aber gesellte er sich abends zu den Menschen ans Feuer, um seine alten Glieder zu wärmen.

Auch an einem kühlen Herbstabend ließ er sich dort nieder. Jemand kam und legte ihm ein Tuch aus Wolle um die mageren Schultern. Ein anderer teilte sein trockenes Stück Brot mit ihm. Es war still. Niemand redete ein Wort. Alle waren sie müde von ihrem Tagewerk. Denn sie arbeiteten hart und zu Essen gab es wenig.

Der Mann aus dem Wald beobachtete die ausgezehrten Gestalten und dachte, was sie brauchen, ist Zuversicht. Eine Weile lang kramte er in seinem Beutel herum. Dann zog er behutsam eine getrocknete Blume hervor und reichte sie im

Kreis herum. Die Leute raunten sich gegenseitig Worte des Erstaunens zu. Obwohl alt und verdorrt an den Stängeln, hatte der Blütenkelch sich seine leuchtend blaue Farbe und eine seltsame Frische bewahrt. Dadurch wirkte das Pflänzchen beinahe, wie eben erst gepflückt.

Fragende Augen richteten sich auf Aberlin und der begann, zu erzählen:

»Mein Großvater weihte mich einst in das geheime Wissen der Zauberer ein. Irgendwann konnte er mir nichts mehr beibringen. Also war es an der Zeit, auf Wanderschaft zu gehen, um eigene Erfahrungen zu sammeln. Zuvor aber nahm mir der Alte den Schwur ab, meine Gabe niemals zu missbrauchen.

Fern der Heimat kam ich in ein kleines Königreich. Die Menschen dort waren bettelarm und litten an Hunger. Regiert wurde das Land von einer Königin. Diese hatte sieben Söhne, aber keinen Gemahl an ihrer Seite. Der König war schon vor langer Zeit gestorben.

Nach seinem Tod war das Reich in Armut und Unruhe gestürzt. Nur die Schatzkammer der Königsfamilie war prall gefüllt. Auf dem Schloss lebte man nach wie vor in Hülle und Fülle, erzählte man sich.

Die Königin hatte alle Hände voll mit ihren ungezogenen Sprösslingen zu tun. Da blieb keine Zeit, sich um die Menschen im Lande zu sorgen.

Ich sah mich in den Gassen um. Wohin ich auch schaute, überall blickte ich in bleiche Gesichter. Die Arme und Beine der Leute waren so dünn, wie die kleinen Reisigstöckchen, die ich im Wald zum Entzünden des Feuers sammelte. Das Schlimmste aber war, weit und breit hörte ich kein Kinderlachen. Das machte mich traurig. Darum fasste ich den Entschluss, bei der Königin im Schloss vorzusprechen, und begab mich sogleich auf den Weg. Mit ein wenig Glück konnte ich etwas für die armen Menschen bewirken.

Als ich die königliche Residenz fast erreicht hatte, sah ich schon von weitem eine Gestalt unter einem Baum sitzen. Ich freute mich auf die Begegnung mit dem Fremden. Gewiss erführe ich interessante Neuigkeiten.

Als ich mich näherte, erblickte ich jedoch einen Mann, der herzzerreißend weinte. Seine Schultern schüttelten sich von den vielen Seufzern, und aus seinen Tränen hatte sich bereits ein kleiner Bach gebildet.

Voller Mitgefühl setzte ich mich zu ihm ins Gras und fragte ihn, ob er mir anvertrauen wollte, was ihn so quälte. Nur zu gerne erleichterte er sein Herz und schilderte mir die Begebenheiten, die ihn hergeführt hatten.

Einst hatte dieser Mann die Märchen über alles geliebt. Niemand sonst hatte sie je so lebendig und bunt vortragen können wie er. Jedes Mal, wenn er sie den Kindern auf der Straße erzählte, entführte er sie in eine andere Welt. Selbstversunken lauschten sie ihm und vergaßen sogar den Hunger. Sah er in ihre leuchtenden Augen, wurde ihm stets ganz warm ums Herz.

Seine Begabung sprach sich im ganzen Land herum. Bald schon kamen die Menschen von nah und fern, um ihn zu hören.

Eines Tages tauchte sogar ein Abgesandter der Königin bei ihm auf. Dieser bot ihm eine stattliche Anzahl Silbertaler und prächtige Gewänder für seine Dienste bei Hofe an. Zudem würde ihn täglich ein fürstliches Mahl an der Tafel der Königsfamilie erwarten.

Das klang verlockend. Allerdings hatte der Bote ihm nicht vorenthalten, dass die Söhne der Königin eine ungezogene Bande von Taugenichtsen war. Noch vor seinem Aufbruch hätte er seine Herrin wieder einmal verzweifelt in ihr Kopfkissen weinen gesehen. Die Prinzen hatten im

Speisesaal wild herumgetobt und dabei das wertvolle Porzellan zerschlagen.

Nachdem sie die Burschen dafür gerügt und ihnen eine Strafe auferlegt hatte, wurde die Königin von ihren Söhnen mit ungehobelten Schimpfwörtern bedacht und obendrein ausgelacht.

Der Märchenerzähler überlegte sorgfältig, bevor er dem fürstlichen Ersuchen zustimmte.

Sollte er seine Gabe wirklich an diese berüchtigten Knaben verschwenden, während die Kinderschar auf der Straße im Elend weilte?

Andererseits war gar er am Ende genau der Richtige, um das Gemüt der Prinzen mit Hilfe seiner Märchen zu besänftigen und ihr ungeschliffenes Benehmen aufzupolieren.

Doch als er die sieben Burschen sah, ahnte er nichts Gutes. In ihren feisten Gesichtern funkelten gehässige kleine Augen, die ihn mit geringschätzigen Blicken auf Schritt und Tritt verfolgten.

Der Märchenerzähler grämte sich zutiefst. Die Buben brachen jedes Mal in gellendes Gelächter aus, wenn er seine Stimme erhob, so dass seine Worte gänzlich davon übertönt wurden.

Außerdem spielten sie dem armen Mann üble Streiche, wann immer sich die Gelegenheit dazu bot.

Es war unübersehbar, wie viel Freude ihnen diese niederträchtigen Kapriolen bereiteten.

Nicht lange, da verblassten die Märchen auch im Herzen des Erzählers. Er konnte sie nicht mehr spüren. Nur mit Mühe brachte er noch die Worte hervor, leere Hülsen ohne Lebendigkeit. Alle Farben und warmen Gefühle waren verschwunden. Die Welt erschien dem beklagenswerten Mann grau in grau.

Gekleidet in edlen Gewändern, mit dem üppigen Beutel Silbertalern am Gürtel und einem vollen Bauch, fühlte er sich zum ersten Mal in seinem Leben wahrhaftig arm. Er war entsetzlich verzweifelt.

Als er es eines Tages gar nicht mehr mit den Prinzen aushielt, war er einfach aus dem Schloss gerannt und unter dem Baum zusammengebrochen, unter dem ich ihn schließlich gefunden hatte.

Ich glaubte, ihm helfen zu können. Bei Sonnenuntergang bat ich den Märchenerzähler, auf mich zu warten, während ich etwas zu erledigen hatte. Des Nachts schlich ich mich ins Schloss und suchte die Prinzen in ihrem Schlafgemach auf. Dort befragte ich sie, was sie für ihr hungerndes

Volk zu tun gedachten, um endlich Abhilfe zu schaffen.

Wieder einmal krümmten die Burschen sich vor Lachen. Wie konnte einer nur so eine dumme Frage stellen? Die armen Leute waren diesen Nichtsnutzen gleichgültig. Das einzig Entscheidende war, dass es ihnen selber gutging. Schließlich waren sie die Königskinder.

Mein Gewissen war rein, als ich in der Morgendämmerung mit sieben Laib Brot in den Armen das Schloss verließ.

Zurück beim Märchenerzähler, ermunterte ich ihn, in sein Dorf heimzukehren. Von Herzen gern befolgte er diesen Ratschlag. Zuvor aber brachte er sein feines Gewand und die Silbertaler zurück in den Palast. Dort kam ihm zu Ohren, dass die Prinzen spurlos verschwunden waren. Niemand vermisste sie, nicht einmal die Königin.

Hernach verabschiedete ich den Erzähler und übergab ihm die sieben Brote. Sie würden für alle Zeiten die Menschen in seinem Dorf nähren. Egal wie viel man davon aß, fände man tags darauf wieder unangetastete Laibe vor.

Nachdem er selig von dannen gezogen war, verweilte ich noch ein wenig unter dem Baum und gedachte der jüngsten Geschehnisse. An der

Stelle, an der der Märchenerzähler so bitterlich geweint hatte, war ein Meer von blauen Blumen gewachsen. Eine pflückte ich ab, legte sie in meinen Beutel und nannte sie *Hoffnungsblume*«.

Als Aberlin seine Geschichte zu Ende erzählt hatte, war das Feuer schon fast heruntergebrannt.

Um ihn herum wurde es lebhaft. Alle redeten durcheinander. Von solchen Broten hatten sie bis dahin nie gehört. Auch eine Blume der Hoffnung hatten sie niemals zuvor in ihren Händen gehalten.

Und in den eben noch so müden Augen der Dorfbewohner spiegelte sich nun das Blau der Blume wider.

Diamonds are a girl's best Friend

Frau S. stand vor dem Schaufenster des Edeljuweliers und betrachtete die funkelnden Steine. Viel lieber hätte sie die Preziosen in einem Spiegel bewundert statt hier in den Auslagen. Trotz der Kälte verweilte sie und verlor sich in Tagträumen. Wie kam sie nur an die begehrten Stücke? Es musste doch einen Weg geben.

Taktisches Vorgehen war ihr nicht fremd. Wenn sie etwas wirklich wollte, dann hatte sie es bisher immer bekommen. Wichtig war ein guter Plan und furchtloses Handeln.

Vor ihrem inneren Auge sah sie sich selbst in schwarze Kleidung gehüllt. Dazu trug sie eine Skimaske. Das benötigte Werkzeug befand sich in dem Rucksack auf ihrem Rücken.

Zuerst musste die Alarmanlage ausgeschaltet werden. Ganz klar!

In ihrer Vision bewegte sie sich katzengleich durch die Räumlichkeiten des Juweliers, bis sie den Tresor im Keller fand. Jetzt machte sich auch der Kurs »Safe Knacken leicht gemacht« bezahlt, den sie damals besucht hatte.

Mit kühlem Kopf begab sie sich an die Arbeit. Es war gar nicht so schwierig, wie zunächst angenommen. Schnell hörte sie die erfreulichen Klickgeräusche des Tresors, die auf das baldige Öffnen des komplizierten Mechanismus hoffen ließen. Sie wusste es. So ein Panzerschrank war keine echte Herausforderung für sie. Die Tür sprang auf. Sie musste nur noch zugreifen. Mit dramatischer Geste näherten sich ihre Hände den Kostbarkeiten. Fanfaren untermalten ihr Gebaren.

Jäh warf der Rempler eines unachtsamen Passanten Frau S. unsanft in die Realität zurück.

Sie schaute auf ihre billige Armbanduhr, ein Rolex-Imitat aus China. Die Zeiger standen auf Action – höchste Zeit, sich einen Nebenjob zu suchen.

Entschlossen stellte Frau S. ihren Mantelkragen auf und betrat den Laden. Ein hintergründiges Lächeln begleitete ihren liebenswürdigen Tonfall: »Guten Tag. Mir ist der Schmutz auf ihren Schaufensterscheiben aufgefallen. Also, falls Sie eine Putzfrau benötigen ...«

Heiße Milch mit Honig

Je mehr Severin strampelte, umso fester hielt ihn die Schlingpflanze am Grund des Sees gefangen. Auf seinem Brustkorb lastete ein ungeheurer Druck. Zwei, drei Sekunden noch, und er risse seinen Mund auf. Doch statt der lebensspendenden Atemluft flutete Wasser seine Lungen. Und dann Exitus. Tod durch Ertrinken.

»Hilfe! Hilfe!« Er erwachte durch seine eigenen Schreie. Keuchend und nassgeschwitzt kam er zu sich. Mama stürmte herbei. Sie setzte sich zu ihm ans Bett und nahm seine Hand. »Sevi, du hast nur schlecht geträumt.« Ihre Stimme beruhigte ihn ein wenig. »Wenn Papa und ich geahnt hätten, dass du unter dem Schulwechsel so leidest, dann wären wir niemals hierher gezogen.« Sie sah ihn lange an.

Severin kannte den Blick. So schaute sie immer, wenn sie sich Sorgen machte.

»Hör zu, mein Schatz! Ich mache dir jetzt eine heiße Milch mit Honig. Danach versuchst du, noch etwas zu schlafen.«

Er verdrehte die Augen.

»Ja, ja. Ich weiß! Du bist fast fünfzehn und ich soll dich nicht wie ein kleines Kind behandeln.« Sie zwinkerte Severin zu und verschwand in der Küche.

Später setzte sie sich noch einmal zu ihm. »Willst du morgen zuhause bleiben? Ich entschuldige dich in der Schule.«

Severin schüttelte den Kopf. »Nö, Mama. Wir schreiben doch Mathe.«

Müde quälte er sich am nächsten Tag aus dem Bett. Ihm war übel. In seinem Kopf drehten sich die Gedanken in Endlosschleife. Um seinen Albtraum. Um die Mathe-Klausur. Sollte er sie absichtlich schlechter schreiben, um nicht wieder einen Einser zu bekommen? Damit stünde er vor den anderen jedenfalls besser da. Und dann war da Leonie, die einzige in seiner Klasse, die freundlich zu ihm war. Er mochte sie, sehr sogar.

Trotz Appetitlosigkeit drängte Mama ihn, eine Kleinigkeit zu essen. Nach dem Frühstück machte er sich auf den Weg zur Schule. Dort angekommen, waren die anderen bereits da. Wie immer standen sie in Grüppchen zusammen vor dem Eingang. Er schlich an ihnen vorbei, grüßte und rang sich ein Lächeln ab. Wie gewohnt ignorierten sie ihn.

Während der Mathelehrer die Prüfungsblätter verteilte, posaunte er in die Klasse, die anderen sollten sich ein Beispiel an Severin nehmen, von dem er wieder Bestleistung erwartete. Das war unendlich peinlich und machte Severins Lage nicht besser. Sollte er echt ein paar Fehler einbauen? Einmal nicht der Streber sein?

Die Aufgaben löste er zügig und war längst damit fertig, als die veranschlagte Zeit abgelaufen war. Fehlerfrei!

In der Pause stand er allein auf dem Schulhof. Sein Wissenschaftsmagazin konnte das Gefühl der Einsamkeit nicht lindern. Severin brannte für die Astrophysik, die nicht nur Hobby, sondern auch sein Berufsziel war.

In allen Fächern war er Klassenbester. Nur mit dem Sport verhielt es sich anders. Da war er ein echter Loser. Sein Körperbau gab nicht viel her. Ein hochaufgeschossener, dünner Junge, bei dem sich die Muskulatur gut versteckt hielt.

Nachmittags wollte er sich in sein Zimmer zurückziehen und lesen. Aber Mama ließ das nicht zu. »Du solltest bei dem schönen Wetter nicht immer daheim hocken. Das tut dir nicht gut. Lesen kannst du auch im Schwimmbad in der Sonne.«

Severin hatte keine Lust auf eine Diskussion. Irgendwie hatte sie ja Recht. Also fügte er sich.

An einer ruhigen Stelle am Rand der Wiese ließ er sich nieder. Kaum saß er auf seinem Handtuch, da sah er die ganze Clique aus seiner Klasse herannahen. Unweit von ihm machten sie sich breit. Lautstark alberten sie herum, bis sie ihn entdeckten. Leonie winkte freundlich herüber. Die anderen schauten durch ihn hindurch.

Severin bemerkte, dass Ben bei Leonie über ihn lästerte. Der war gut gebaut, musste Severin ihm zugestehen. Ausgeprägte Muskeln spannten sich unter seiner Haut, welche bronzefarben glänzte. Sicher stand Leonie auf Ben.

Severin verschanzte sich hinter seinem Tablet. Aus den Augenwinkeln registrierte er aber, dass Leonie sich erhob und auf ihn zusteuerte. Ihr langes rotes Haar sprühte Funken in der Sonne. Severins Herz schlug schneller. Sein weißes Gesicht verfärbte sich rot.

»Hi, Severin.« Sie lächelte ihn an. »Ben meint, du könntest jetzt zeigen, was außer Mathe sonst noch in dir steckt. Der Sprungturm ist freigegeben. Ich soll dich dazu überreden, vom Zehner zu springen.«

Severin spürte einen Kloß im Hals. Er kratzte sich an der Schläfe. »Ich ähm …«, so sehr er sich auch anstrengte, er brachte nur ein Stottern heraus. Was dachte sie jetzt wohl über ihn? Die Röte in seinem Gesicht intensivierte sich.

»Severin, wenn du mich fragst, lass die Finger davon. Das hast du nicht nötig. Die sind doch nur neidisch auf deine Leistungen.«

»Und wenn ich springe?«, brachte er schließlich doch hervor. »Dann bist du einer von ihnen.« Sie zuckte mit den Schultern. »Aber willst du das wirklich?«

Durch Bens unentwegte Blicke fühlte Severin sich herausgefordert. Er musste es tun. Sein Magen krampfte sich zusammen, das Atmen fiel ihm schwer. Ben grinste ihn geringschätzig an. Das war jetzt nur noch eine Sache zwischen ihnen beiden.

Severin stand auf und warf den Tablet-PC auf sein Handtuch. Wie ferngesteuert setze er einen Fuß vor den anderen. Es fühlte sich so an, als ob er jede Bewegung in Zeitlupe vollführte. Am Sprungturm quälte er sich Stufe für Stufe nach oben. Das Herz klopfte ihm bis in seine Ohren. Nun stand er zitternd an der Absprungkante.

Die Klassenkameraden waren an den Beckenrand gekommen.

Unter ihm das blaue Wasser, das ihn gleich verschlänge. Alles verschwamm vor seinen Augen. Tod durch Ertrinken, wie in seinem Albtraum. Er stellte sich Mamas besorgte Blicke vor und wie ein Echo hallten Leonies Worte in seinem Kopf wider.

Wollte er ernsthaft dazugehören, fragte er sich nun auch selbst? Zu denen, die so mies mit ihm umgingen? Nein, wollte er nicht!

Mit einem Mal wurde er vollkommen ruhig und entschloss sich, das Schwierigste zu tun, das er je in seinem Leben getan hatte.

Er nahm seinen ganzen Mut zusammen, drehte sich um und kletterte die Stufen wieder hinunter. Komisch, warum fühlte er sich jetzt nicht wie ein Loser? Eigentlich müsste er vor Scham im Boden versinken.

Unter den verdatterten Blicken der Mitschüler rannte Leonie auf ihn zu und flog ihm um den Hals. »Ich bin megafroh, dass du nicht gesprungen bist.« Sie nahm seine Hand und zog ihn fort von den anderen.

Abends sprach Severin mit seiner Mutter über das Erlebte. Nur Leonie sparte er aus.

Mama war stolz auf ihn und meinte grinsend: »Ab jetzt gibt es zum Einschlafen keine heiße Milch mit Honig mehr, sondern Tee mit einem Schuss Rum.«

Hilde

Hildes grauer Haarschopf stand ungebändigt in alle Richtungen von ihrem Kopf ab. Sie rührte abwechselnd in Töpfen und wendete in der großen Pfanne auf dem Herd das Fleisch. Eine geblümte Kittelschürze verzieh diverse Fett- und Saucenspritzer, die sich bei so einer Küchenschlacht kaum vermeiden ließen.

Hilde war dreiundsiebzig Jahre alt und hatte zwei Leidenschaften, ihren Enkel sowie Bits und Bytes. Ersterer kam heute zu Besuch. Tobi freute sich immer auf das gute Essen bei Omi. Eine Überraschung sollte es auch geben, hatte sie ihm am Telefon angedeutet.

Mäh- und Saugroboter verrichteten ihre Arbeit. Per App startete Hilde die Waschmaschine. Geschafft. Für heute war die Hausarbeit erledigt. Der Tisch war ebenfalls schon gedeckt.

Inzwischen war Hilde umgekleidet und blickte auf die Uhr. Für weitere Aktivitäten vor dem Spiegel blieb keine Zeit mehr. Sie hatte noch eine knappe Stunde, bis der Junge eintraf. Vorher wollte Hilde das Dach überprüfen, solange sie dieses Gerät im Haus hatte, das als Geschenk für Tobi gedacht war. Nach dem schweren Sturm in der letzten Woche befürchtete sie einen Schaden.

Sie konnte es kaum erwarten, die Drohne auszupacken. Ein Luxusmodell. Das Beste, was das Hobbysegment zu bieten hatte. Tobi würde Augen machen.

Die Akkus waren eingelegt. Jetzt konnte es losgehen. Hilde stand im Vorgarten und betätigte mit geübten Fingern die Steuerung. Schon hatte die Drohne an Höhe gewonnen.

So einfach, wie Hilde es sich vorgestellt hatte, war es aber nicht. Sie verlor völlig die Gewalt über die Maschine. Diese trudelte mit beachtlichem Tempo durch die Luft. Das Vordach kam dem Fluggerät bedrohlich nahe.

»Bitte nicht!«, betete Hilde. Rechtzeitig vor der Kollision schaffte sie eine scharfe Wende. Erleichtert stieß sie die Luft aus und entspannte sich. Ein wenig zu sehr, wie sich herausstellte. Die Fernbedienung glitt ihr aus den Fingern und fiel zu Boden. Im selben Moment stoppte das Motorengeräusch der Drohne. Bevor Hilde begriff, was passiert war, drangen schon die Geräusche des auf den Steinen zerschellenden Fliegers an ihre Ohren. Der Rücken schmerzte ihr beim

Aufsammeln der vielen Plastik- und Metallteilchen.

Kaum war alles aufgelesen, traf Tobi ein.

Nach dem Essen fragte Hilde ihn: »Sag mal Tobi, puzzelst du noch so gern?« Sie reichte ihm eine Baumwolltasche, in die sie nach dem Drohnen-Crash sämtliche Kleinteile geworfen hatte.

»Ich hatte dir doch eine Überraschung angekündigt. Schau mal, hier habe ich ein einzigartiges 3D-Puzzle für dich.«

Metamorphose

Alles begann damit, dass Bibi von der Arbeit heimkam und sich über das feuerrote Geschoss vor ihrem Haus wunderte. Ein Besucher vielleicht?

Doch wer sollte das sein? Sie kannten niemanden mit so einem protzigen Auto.

Martin riss die Haustür von innen auf und begrüßte sie ungewöhnlich überschwänglich. Kaffee war vorbereitet und Kekse standen dort. Die Blumen irritierten Bibi jedoch mehr als der gedeckte Kaffeetisch. Irgendetwas stimmte da nicht.

Kaum war ihr das durch den Kopf gegangen, hielt Martin ihr grinsend wie das berühmte Honigkuchenpferd einen Schlüssel unter die Nase. Einen Autoschlüssel!

»Wo ist der Kombi?«, fragte Bibi alarmiert.

»Verkauft!« Martin setzte umständlich zu einem Erklärungsversuch an.

Bibi winkte ab. Es schien, als sei sie binnen weniger Sekunden um einige Zentimeter kleiner geworden, so sehr drückte sie die Enttäuschung nieder. Mit großen Augen blickte sie Martin an, bevor sie wortlos den Raum verließ. Nicht einmal die Kraft hatte Bibi noch, die Tür hinter sich zuzuknallen.

Wie kam er dazu, ihr gemeinsames Auto zu verkaufen und gegen so eine peinliche Angeberkarre einzutauschen? Wie sollten sie damit einkaufen? Shoppen beim Möbelschweden? Mitnichten! In dem neuen Wagen konnte man maximal ein Päckchen Kerzen verstauen.

Und die ganze Aktion ohne Absprache mit ihr. In all den Jahren ihrer Ehe hatten sie über größere Anschaffungen stets gemeinsam befunden. Bibi war so gekränkt, dass sie nicht mehr mit ihm sprach.

Zwei Tage nach dieser bösen Überraschung hielt Bibi sich gerade mit ihrem neunzehnjährigen Sohn Tom in der Küche auf, als Martin heimkam. Neu eingekleidet lehnte er lässig im Türrahmen. Er trug eine hellblaue Jeans mit Rissen in Kniehöhe und dazu eine grüne Lederjacke im Bikerstil. Toms Unterkiefer klappte herunter. Irgendwo zwischen belustigt und verzweifelt wendete er sich an Bibi: »Mama, schau mal! Papa trägt die gleiche Hose wie ich und seine Jacke sieht meiner zum Verwechseln ähnlich.«

Martin überging Toms unübersehbares Missfallen. »Na, wie findest du es?«, fragte er. Der Nachwuchs verdrehte nur die Augen.

»Dann können wir jetzt mal gemeinsam in deinen Club«, schlug Martin vor und fühlte sich dabei offensichtlich wie Daddy Cool.

Bevor es noch peinlicher wurde, verschanzte Tom sich kommentarlos hinter seinem Tablet-Computer.

Martin selbst bemerkte es gar nicht. Seine Ausdrucksweise veränderte sich in der darauffolgenden Zeit. Er sprach, wie man es eher von einem Schüler auf dem Campus erwartete als von einem alternden Mann. Bibi und Sohnemann machten sich darüber lustig. Der neue Jargon klang unnatürlich aus Martins Munde.

Den Verwandlungsprozess ihres Mannes beobachtete Bibi zunehmend genervter. Immer wieder dachte sie an den rabenschwarzen Tag im August zurück. Ein Tag, noch schwarzer als Martins Haar jetzt war.

Vom Garten aus hatte sie durch die Terrassentür einen fremden Mann im Wohnzimmer hantieren gesehen. Um Gottes willen, ein Einbrecher! Der Schreck ihres Lebens fuhr ihr in die Glieder. Mit zitternden Fingern griff Bibi nach dem Handy, um die Polizei zu rufen. Gerade als sie die Nummer eintippte, drehte sich der Eindringling mit dem Gesicht zum Fenster und entpuppte sich als ihr Gatte mit gefärbten Haaren und neuer Frisur. Das war nicht zu toppen, glaubte Bibi.

Aber schlimmer geht es immer. Nur wenige Tage später entdeckte sie zufällig die Nachricht auf dem Bildschirm seines Mobiltelefons. Eine kaum dem Teenageralter entwachsene Rothaarige winkte ihm fröhlich auf dem Display zu. Der dazugehörige Text lautete: »Freue mich auf heute Abend!« Verziert mit drei roten Herzchen.

Martin war bester Laune, als er etwas von Männerabend faselte und das Haus verließ.

Bibi fragte sich, ob ihn seine frühzeitigen körperlichen Verschleißerscheinungen auch dann plagten, wenn er seine Zeit mit diesem Mädchen verbrachte.

Den Abend nutzte sie dazu, einen kompetenten Scheidungsanwalt ausfindig zu machen.

Ein Jahr später saß Bibi im Wohnzimmer auf dem Fußboden und hatte sämtliche Fotos um sich herum verteilt – die Geschichte ihrer Ehe. In der einen Hand hielt sie ein Glas Prosecco, in der anderen ein Hochzeitsbild. Zerstreut hörte sie ihrer Freundin zu, die mit aufmunternden Worten versuchte, sie zu trösten.

Nach dreiundzwanzig Ehejahren mit Martin hatte Bibi heute vor dem Scheidungsrichter gestanden.

»Wie stark er gealtert ist in den letzten Monaten, seit ich ihn zuletzt gesehen habe«, unterbrach Bibi die Freundin.

»Das muss an seinem jugendlichen Lebensstil liegen, den er jetzt führt«, erwiderte diese.

»Ja«, nickte Bibi. »Im Körper eines Fünfzigjährigen!«

Die beiden Frauen brachen in ein erlösendes Gelächter aus. Keine Spur mehr von gedrückter Stimmung. Stattdessen Frauenpower und die Vorfreude auf einen Neuanfang.

Tante Irmas Geheimnis

Obwohl die Hauptbetroffene, war Ur-Großtante Irma die Einzige, die bis zu ihrem Tod niemals ein Wort über die Angelegenheit verloren hatte. Alle anderen sprachen seit Jahrzehnten bei jedem Familientreffen hinter vorgehaltener Hand darüber.

Die Sache war so mysteriös, dass sie gut und gerne ein Beitrag der alten Fernsehserie X-Factor aus den 1990er Jahren hätte sein können.

Wer war dieser Fremde auf den Fotos?

Zum ersten Mal erschien er auf einem Hochzeitsbild im Jahre 1917. Dort stand er dicht neben Irma an ihrer linken Seite und schaute mit traurigen Augen in die Kamera. Von da an tauchte er auf jedem Familienfoto auf, auf dem auch Irma abgebildet war.

Niemand kannte ihn, niemand hatte ihn eingeladen und nie hatte ihn jemand persönlich auf einem der Anlässe gesehen.

Mit der Zeit verlor er an Farbsättigung und Kontur.

Doch auf jeder Ablichtung sah man ihn treu an Irmchens Seite.

Selbst auf Bildern kurz vor ihrem Tod im stolzen Alter von einhundertundzwei Jahren erkannte man noch seinen Schatten.

Irma war ihr Leben lang unverheiratet und kinderlos geblieben. Sie bewohnte ganz allein das alte Haus der Familie. Als dieses nach ihrem Ableben verkauft werden sollte, half Eva beim Ausräumen.

Sie kletterte die knarrenden Holzstiegen nach oben auf den Dachboden. Als kleines Mädchen war sie oft zum Spielen dort gewesen. Auf dem dusteren Speicher hatte sie die größten Abenteuer ihrer Kindheit erlebt.

Seit damals schien sich nichts verändert zu haben. Der vertraute modrige Geruch, die blinde Scheibe der Dachluke, die die hineinfallenden Sonnenstrahlen in ein milchiges Licht verwandelte, in dessen Schein kleinste Partikel tanzten. Unter einer dicken Staubschicht lagerten immer noch die Möbel aus längst vergangenen Tagen. Schränke und Truhen warteten scheinbar nur darauf, die in ihrem Bauch verborgenen Schätze endlich wieder preiszugeben.

Mit einem beklommenen Gefühl machte Eva sich an die Arbeit. Durch das Entrümpeln des

Hauses löste sich Irmchens Leben gerade in Wohlgefallen auf und damit auch ein Teil ihrer eigenen Lebensgeschichte.

In einer ausgemusterten Kommode fand Eva einen verschlissenen Karton mit Tagebüchern. Die Schachtel war mit dem Namen ihrer Besitzerin »Irma« beschriftet.

Eva konnte nicht widerstehen, griff sich gleich das oberste der Jahrbücher und schlug wahllos eine Seite auf.

Wie aufregend! Tantchen war mit sechzehn Jahren heimlich verlobt gewesen, erfuhr sie dort. Eva blätterte weiter, dabei flatterte ein abgegriffenes Foto zu Boden und blieb mit der Rückseite nach oben liegen. »Meinem lieben Irmchen für immer treu ergeben«, entzifferte Eva die altdeutsche Handschrift. Dann drehte sie voller Neugier das vergilbte Bild um.

Eva starrte mit aufgerissenen Augen auf das Foto. Sie hatte ihn sofort erkannt. Irmchens heimlicher Verlobter war also das Gespenst, das seit Ewigkeiten auf den Familienfotos herumgeisterte.

Es dauerte eine Weile, bis sie ihre Erschütterung überwunden hatte. Schließlich las sie weitere Einträge in Tantchens Aufzeichnungen.

Daraus setzte sich das Bild einer Abschiedsszene zusammen, die Eva tief bewegte.

Im Dezember 1914 hatten Maximilian Engel und Irma Abschied voneinander genommen.

An ihrem geheimen Treffpunkt, unter einer alten Linde, hatte der junge Mann Irmchen innig geküsst und ihr seine ewige Liebe geschworen. Er bliebe für immer an ihrer Seite, gleichgültig, welches Schicksal ihn auch in der Fremde ereilte, versprach er. Nach seiner Rückkehr wollte er sogleich bei ihren Eltern um Irmas Hand anhalten, damit sie so schnell wie möglich vor den Traualtar treten konnten und sich nie wieder trennen mussten.

Dann rissen sich die beiden jungen Menschen los voneinander. Irmchen stand im eisigen Winterregen und winkte Maximilian endlos lange nach, selbst als er schon minutenlang hinter der Straßenbiegung verschwunden war.

Ihr Liebster zog in den Ersten Weltkrieg, in dem er kurze Zeit später als tapferer Soldat für Kaiser und Vaterland gefallen war.

Eva betrachtete noch einmal Maximilians Foto. Dann legte sie es behutsam zurück in das Tagebuch. Jetzt ergab die mysteriöse Erscheinung des Fremden auf den Familienfotos endlich einen

Sinn. Sie verschloss die Schachtel mit Tantchens Lebenserinnerungen sorgfältig und strich mit ihrer Hand liebevoll über den verstaubten Kartondeckel.

Am Abend konnte Eva nicht einschlafen. Das Schicksal von Tantchen und Maximilian Engel ging ihr nicht aus dem Kopf.

Sie selbst hatte nie an die eine große Liebe geglaubt. Und ihre bisherigen Erfahrungen hatten sie desillusioniert, sogar zu einem überzeugten Single werden lassen. Doch der heutige Tag hatte ihre Einstellung ins Wanken gebracht.

Eva griff nach dem Familienfoto auf dem Sideboard und schaute es lange an. Tante Irma schien ihr etwas zuzuflüstern oder bildete sie sich das nur ein? Dann tat Eva etwas, was sie gestern noch für ausgeschlossen hielt. Sie öffnete verschiedene Dating-Plattformen und meldete sich dort an.

Das Leben steckte voller Möglichkeiten. Vielleicht verbarg sich hinter einem der vielen Profil-Fotos ja ihr Maximilian Engel.

Opa nervt

»Zuckerstangen verursachen Karies«, gab Opa zu bedenken, als er die Päckchen unter dem Weihnachtsbaum begutachtete. Jedes war mit einer dieser rot-weiß geringelten Süßigkeiten dekoriert. Mal kleiner, mal größer, je nach Geschenkformat.

»Mir kann es ja egal sein«, murrte er. »Bei mir ist nicht mehr viel zu ruinieren, aber bei den Kindern ...«

Im Kamin prasselte bereits das Feuer. Alles war für den Heiligen Abend vorbereitet.

»Der Schlitten ist aber nicht geschickt verpackt. Man sieht doch schon von weitem, was da drin ist«, nörgelte er weiter.

Svenja stand am Fenster und gönnte sich noch einen Moment der Ruhe, bevor es losging. Opa nervt schon wieder. Hoffentlich verdirbt er uns nicht das Fest, dachte sie. Dazu summte sie leise das Lied »Schneeflöckchen, Weißröckchen« vor sich hin, »wann kommst du geschneit?« Just in dem Moment segelten sanft erste weiße Flocken vom Himmel. Wie romantisch, freute sie sich.

Pünktlich zum Weihnachtsabend. Rasch hatte sich eine dichte Schneedecke gebildet.

Bei diesem Anblick malte Svenja sich aus, wie sie Opa auf dem Schlitten festband, ihn auf den nahegelegenen Berg schleppte und ihm oben angekommen einen kräftigen Schubs in den Rücken verpasste.

Die Fische im Fluss am Fuße der Anhöhe hatten sicher bessere Verwendung für ihn als die Familie am Heiligen Abend.

Tiefer Fall

Sie fuchtelte mit der Nagelschere in der Luft herum, während sie vor der kleinen Buchsbaumhecke kniete, die sie aus selbstgezogenen Trieben angelegt hatte.

»Alle beneiden uns um den prächtigen Garten, aber wie viel Arbeit der macht, danach fragt keiner«, klagte Reinhilde Reiners. Dabei verzog sie das Gesicht. Beine und Rücken schmerzten. Dennoch brachte sie weiterhin tapfer die Zweige in Form.

Hartmut sah die Leidensmiene seiner Angetrauten und flüchtete sich vorsorglich zum Holzhacken in die Garage.

»Kehr aber gut aus, wenn du fertig bist«, rief sie ihm hinterher.

Nachdem die Hecke gestutzt war, kontrollierte Reinhilde noch einmal das Unkraut. Hartmut hatte sich schon darum gekümmert, aber bei seiner Schludrigkeit war es erfahrungsgemäß nicht gründlich erledigt. Und richtig! Sie musste ihm wieder einmal hinterherarbeiten.

Der Weg zur Biotonne führte Reinhilde durch die Garage an ihrem Gatten vorbei. Den Arm in die Hüfte gestemmt, baute sie sich vor ihm auf.

»Ich habe an verschiedenen Stellen noch etwas gefunden. Da kann ich es gleich selber machen!«, zischte sie und streckte ihm ihre Hand entgegen, in der ein paar grüne Halme lagen. Vorwurfsvolle Blicke untermauerten ihre Worte. Hartmut schwieg.

Nur noch die Wandlampen polieren und eine frische Tischdecke auflegen, dann war sie hier draußen fertig. Reinhildes Blick wanderte durch den Garten. »Perfekt«, stellte sie zufrieden fest. Sogar das Wasser im Teich war wieder rein. Sorgfältig hatte sie alles mit dem Käscher entfernt, was nicht dort hinein gehörte.

Drinnen kochte Reinhilde sich einen Tee und hakte auf ihrem Putzplan die einzelnen Positionen ab. Das Tagespensum war fast erledigt. Rasch wienerte sie die Waschbecken im ganzen Haus, um auch noch den letzten Punkt auf ihrer Liste abzustreichen. Dann wurde es auch schon Zeit, sich fertig zu machen. Um 15.30 Uhr waren sie bei ihrer Schwester Lydia und deren Mann zum Kaffeetrinken eingeladen.

Oh Schreck! Fast hätte sie den Kuchen im Backofen vergessen. Den hatte sie flink zwischen

Haus- und Gartenarbeit gebacken. Zum Mitnehmen. Etwas Puderzucker und ein paar Blüten aus dem Garten mussten ausnahmsweise als Dekoration ausreichen. Für eine Marzipandecke und in Handarbeit geformte Blümchen aus Fondant blieb keine Zeit mehr.

Während Reinhilde sich zurechtmachte, malte sie sich im Vorfeld das Treffen mit Lydia aus. Bereits bei der Begrüßung würde sie sich ärgern. Es war immer dasselbe. Schon seit ihrer Teenagerzeit nannte sie sich Reni, weil ihr der Name Reinhilde zu plump klang. Alle hielten sich daran. Nur die arrogante Schrapnelle, Lydia, ignorierte das beharrlich. Seit Jahrzehnten! Inzwischen hatten sie und ihre Schwester bereits die siebzig überschritten.

»Wie schön euch zu sehen, meine liebste *Reinhilde*«, würde sie säuseln. »Herzlich willkommen!«, und dabei süffisant lächeln.

Auf das neue, jetzt kleinere Haus war Reni gespannt. Lydia behauptete ja, sich wegen der vielen Arbeit verkleinert zu haben. Reni aber wusste es besser. Ihre Schwester steckte ganz gewiss in Geldnöten. Man munkelte, sie habe bereits diverse Wertgegenstände verkauft.

Eine Genugtuung für Reni! Sie lächelte versonnen. Endlich hatte sie selbst das größere Haus und war mit Sicherheit nun auch vermögender als ihre Schwester. Schade nur, dass Mutter das nicht mehr miterlebte. Diese hatte Lydia zeitlebens vergöttert. Aus deren Sicht hatte Reni ihrer Schwester nie das Wasser reichen können. Und Lydia? Die meinte sowieso, sie sei etwas Besseres.

Reni schreckte aus ihren Gedanken hoch, als Hartmut dazu kam, um sich ebenfalls ausgehfein zu machen. Sie zog das neue Designerkleid an und legte hochkarätigen Diamantschmuck dazu um. Hartmut tippte ihr auf die Schulter. »Ist das nicht zu viel des Guten? Wir sind lediglich zum Kaffee bei deiner Schwester.«

»Eben drum!«, erwiderte Reni und fingerte an seiner Krawatte herum, bis diese tadellos saß. Kurz darauf machten sie sich auf den Weg.

»Schäbige Gegend hier, findest du nicht auch?« Mit spitzen Fingern zupfte Reni eine Fluse von ihrem Mantel.

Hartmut blickte sie überrascht von der Seite an. »Na ja, es geht.« Anscheinend traute er sich wieder einmal nicht, zuzugeben, dass er es ganz nett fand.

Um 15.27 Uhr standen sie vor der Eingangstür des neuen Hauses. »Was für ein Schuhkarton«, flüsterte Reni. Sie zückte das Handy und starrte auf die Uhr. Sobald diese auf 15.30 Uhr umgesprungen war, drückte sie auf den Klingelknopf.

Die Tür öffnete sich. Lydia war schlicht, aber elegant gekleidet. Um den Hals trug sie eine dezente Goldkette und sah unverschämt gut damit aus.

»Wie schön, meine liebste Reinhilde«, strahlte Lydia und zwinkerte Hartmut zu, bevor sie beide hineinbat. »Herzlich willkommen in unserem neuen Zuhause!«

Reni traute ihren Augen nicht. Das Häuschen war einfach eingerichtet. Der Tisch war nicht wie gewohnt mit dem Meissener Porzellan gedeckt. Verkauft, mutmaßte sie. Auf der Tafel stand weißes, schnörkelloses Geschirr. Hier sieht's aus, wie im schwedischen Möbelhaus. Das nenne ich mal einen Abstieg!

»Wo sind denn eure wertvollen Antiquitäten?«, fragte Reni jetzt schamlos direkt.

»Wir haben uns von dem ganzen Ballast befreit. Wir wollten nicht länger wie in einem Museum leben«, meinte Lydia.

Reni sah sich um. Auf dem Boden tummelten sich Staubmäuse und die Fenster hatten Schlieren. Nicht nur pleite! Meine sonst so perfekte

Schwester ist auf dem besten Weg zur Schlunze. Reni genoss ein Gefühl der Überlegenheit. Bei ihr Zuhause war es so sauber, da konnte man vom Fußboden essen.

Lydia riss Reni aus ihren Gedanken. »Du hast ja den Kuchen noch gar nicht angerührt. Er ist köstlich wie alles, was du backst.«

Falsche Schlange, dachte Reni, während sie sich liebenswürdig für das Kompliment bedankte. Nach knapp zwei Stunden begann Reni zu hüsteln. »Das muss der Staub sein. Besser wir gehen jetzt, bevor es schlimmer wird.«

Lydia grinste. »Sicher, der Staub. Du warst ja immer schon so empfindlich.«

Die Paare verabschiedeten sich voneinander. An der Garderobe, wo Hartmut seiner Frau in den Mantel half und dann sich selber anzog, hing auch Lydias Jacke. Darin deponierte Reni klammheimlich einen Hundert Euroschein. Sollten sie sich mal wieder ein gutes Essen gönnen, die beiden. Ein Seufzer entwich ihrer Kehle. Hach, sie war einfach zu gut für diese Welt. Immer so großzügig. Nur gedankt wurde es ihr nie.

Draußen war es trotz der frühen Stunde kalt und dunkel geworden. Gewitterwolken machten sich am Himmel breit. Reni wärmte sich die Hände in den Manteltaschen. Da war etwas!

Sie zog ein Stück Papier hervor. Ungläubig kniff sie die Augen zusammen, als sie im Licht der Laterne eine grüne Banknote erkannte.

Unvollendet
Ein Serienmörder erzählt

Ich lauerte im Verborgenen. Meine Augen waren überall. Ich wusste alles über sie, obgleich ich mich erst seit zwei Tagen hier aufhielt. Sie schien völlig arglos zu sein. Das berührte mich fast ein wenig, obwohl ich üblicherweise nicht zur Sentimentalität neigte. Die konnte ich mir bei dem, was ich tat, nicht leisten. Die Kälte meines Herzens und mein klarer Verstand waren unerlässlich für meine Arbeit. Alles, was ich machte, erledigte ich mit äußerster Präzision.

Sie saß am Frühstückstisch. Stets in ihrer Nähe Heroe, der Hund. Hoffentlich witterte der Köter mich nicht. Am Ende ließe er mich noch frühzeitig auffliegen. Sie jedenfalls, das ahnungslose Schaf, bemerkte nichts von mir. Momentan war das Tier abgelenkt. Gierig schlang es seine Futterration aus dem Napf. Meine Position hinter der angelehnten Küchentür sollte ich aufgeben, bevor das Gespann seine Mahlzeit beendete. Wenige Sekunden noch ließ ich meine Augen auf ihr ruhen, ehe ich mich zurück in den Keller schlich.

Ich stand für heute als Letzter in ihrem Terminkalender. Um 16.00 Uhr hielte die Welt den Atem an. Dann gab es nur noch meine Auserwählte und mich. Ich konnte es kaum erwarten! In wenigen Stunden erfolgte der krönende Abschluss meines Lebenswerkes. Sie würde mein finales Opfer sein!

Der Leiter der Anstalt hatte mir nichtsahnend einen unschätzbaren Dienst damit erwiesen, mich ausgerechnet an sie zu übermitteln. Sie entsprach genau dem Typ Frau, dem ich nicht widerstehen konnte. Nun würde sie die Letzte in einer langen Reihe sein. Sie war perfekt. Ein Engel ohne Flügel. Blond und zart.

Zurück im Keller inspizierte ich nochmals die Instrumente. Es war alles vorhanden, was ich für ein bravouröses Ergebnis benötigte. Auch die unverzichtbaren Skalpelle lagen griffbereit.

Gute Vorbereitung war alles. Nach diesem Grundsatz hatte ich immer gehandelt. Und der Erfolg gab mir Recht.

Sie schien bereit für den Arbeitstag. Hinter der Tür hörte ich ihre Schritte geschäftig hin und her eilen. Der Hund bellte nervös. Sie beruhigte ihn wieder. Gerade noch schaffte ich es zurück auf den kalten Tisch aus Edelstahl, als sich die Türklinke nach unten bewegte. Gewissenhaft, wie sie arbeitete, träte sie nun ein, um die Raumtemperatur zu überprüfen. Doch bevor es dazu kam, unterbrach das Klingeln ihres Mobiltelefons diesen ersehnten Moment. Und ihre Stimme entfernte sich wieder.

Kundschaft! Sie hatte viel zu tun. Das hieß, heute träfe ein weiterer stummer Zeuge hier unten ein, um dem letzten Akt meines denkwürdigen Schaffens beizuwohnen. Schade, dass ich von meinem Publikum keinen Applaus zu erwarten hatte.

Ob sie es unter diesen Umständen pünktlich zu unserem Rendezvous um 16.00 Uhr schaffte? Käme ein weiterer Auswärtstermin dazwischen, könnte es knapp werden. Ihre Arbeit duldete keinen Aufschub. Und es war ja nicht planbar, wann man ihre Dienste benötigte.

Ich bewunderte, wie sie all die Aufgaben völlig allein meisterte. Denn ihr Mitarbeiter befand sich im Urlaub. Besser hätte es nicht kommen können. Alles fügte sich ganz wunderbar zu meinen Gunsten.

Wie ich so dalag, ließ ich einige Stationen meines Lebens noch einmal Revue passieren.

Die Wertvollste war zweifellos der Aufenthalt in einem Shaolin-Kloster. Dort hatte ich die Fähigkeit der vollständigen Körperbeherrschung erworben. Das war nur durch absolute Disziplin und Willenskraft zu erreichen gewesen.

Während der Zeit in der Haftanstalt perfektionierte ich durch ständiges Training mein Können. So war es mir möglich, diesen genialen Plan zu entwickeln.

Es war ein Leichtes für mich, meine Vitalfunktionen so weit hinunterzufahren, um für tot erklärt zu werden. Der Gefängnisarzt hatte ohne das geringste Zögern den Totenschein ausgestellt. Todesursache: Herzstillstand. Natürlich!

Mit der mir eigenen Cleverness hatte ich ihn gezielt dahinmanipuliert. Meine EKGs wiesen schon seit längerer Zeit Unregelmäßigkeiten auf, die ich selbst willentlich herbeigeführt hatte. Nach jeder Untersuchung war es mir eine Freude, den besorgten Gesichtsausdruck des Doktors zu sehen.

Letztlich aber waren alle froh, mich los zu sein. Ich galt als hochgefährlich. Für die Grandiosität meiner Arbeit hatten diese Kleingeister keinen Sinn. Die Sammlung von Plastinaten in meinem Haus hielten sie für abscheulich.

Dabei hatte ich mir so große Mühe bei deren Schöpfung gegeben.

Das Zuklappen der Ausgangstür riss mich aus meinen Gedanken. Sie war weg, samt Hund unterwegs zum Auswärtstermin. Ich befand mich allein im Haus. Nun nahm ich das hochwirksame Gift zur Hand, welches ich eingenäht im Saum meiner Hose aus dem Gefängnis geschmuggelt hatte. Zu jenem Zeitpunkt ahnte ich nicht, wie nützlich es mir noch werden würde. Einige Tropfen davon in die angebrochene Dose Hundefutter und die Töle eilte seiner Halterin in die ewigen Jagdgründe voraus. Sobald sie heimkamen, fütterte sie ihn. So viel war sicher. Ich kannte ja ihre Gewohnheiten.

Bald nachdem sie zurückgekehrt war, schlug die Uhr auch schon vier. Nur zehn Minuten später betrat sie meinen Raum. Regungslos verharrte ich auf dem Tisch. Sie trat an mich heran, um mit der Arbeit zu beginnen.

Niemals werde ich ihr Entsetzen vergessen, als ich die Augen aufschlug. Ehe sie sich regen konnte, schnappten meine kräftigen Pranken nach ihr und legten sich wie Schraubstöcke um ihre schmalen Handgelenke. Bevor ich ihr Leben aushauchte, wollte ich mich noch eine Weile an ihrer

Verzweiflung weiden. Wenn erst Blut floss, war keine Gelegenheit mehr dazu.

Trotz meiner Genialität beging ich einen folgenschweren Fehler. Während ich dabei war, meinen Engel auf der Liege zu fixieren, richtete ich den Rücken gen Tür, statt diese wie sonst im Blickfeld zu behalten. Plötzlich sprang mir etwas Schweres ins Kreuz und warf mich zu Boden. Ein bedrohliches Grollen ließ meine Trommelfelle erbeben. Reißzähne blitzten auf. Und schon befand sich meine Kehle zwischen Heroes kräftigem Kiefer. Absolut ungewöhnlich für einen Hund, hatte er offenbar das vergiftete Futter verschmäht.

Hilfesuchend schaute ich mich um. Da sah ich sie. Zitternd mit dem Telefon in der Hand wirkte sie noch zerbrechlicher.

Womöglich hatte sie bereits die Polizei verständigt. Ich streckte mich, erreichte ihre Knöchel und griff zu. Sie strauchelte. Im selben Moment versuchte ich, mir das Tier vom Hals zu schaffen. Vergeblich. Es bohrte mir seine Zähne noch tiefer ins Fleisch. Nur einen Millimeter weiter, ich wäre tot gewesen.

Aus der Ferne ertönten Martinshörner. Sie näherten sich zügig. Schon drang rhythmisches blaues Licht durch die Kellerluke herein. Polizisten stürmten mit geladenen Pistolen den Raum.

Unsanft stellten sie mich auf die Beine und rissen mir die Arme nach hinten. Blitzschnell klickten Handschellen. Sanitäter kümmerten sich um meinen Engel. Heroe ließ sie nicht aus den Augen und winselte kläglich.

Ich landete wieder in meiner Zelle. Die Medien ließen mir die verdiente Aufmerksamkeit zukommen. Das war tröstlich.

Und ich war mir sicher, was einmal gelungen war, konnte auch ein weiteres Mal gelingen. Also plante ich den nächsten Ausbruch, um endgültig mein Lebenswerk zu vollenden.

Noch mehr als mir galt das allgemeine Interesse dem Vierbeiner. Die Schlagzeilen überschlugen sich. »Heroe – sein Name ist Programm. Hund rettet Bestatterin aus den Fängen eines perversen Serientäters.«

Gulasch mal anders

»Salz fehlt!«, murmelte Waldemar vor sich hin, während er in seinem English-Breakfast herumstocherte. Die Würstchen fad, die Bohnen matschig und die Sauce geschmacksneutral.

Vielleicht war es eine Erkältung, die seine Geschmacksnerven lahmlegte. Oder die deprimierenden Umsätze. Das Kinn seines runden Gesichts in die linke Hand gestützt, studierte er zur morgendlichen Mahlzeit die aktuellen Verkaufszahlen.

Waldemar schob den Teller beiseite, quälte sich vom Küchenstuhl und knallte die Haustür hinter sich zu. Die Arbeit wartete.

Fünf Termine heute, das bedeutete eine Menge Fahrerei, und zu guter Letzt musste er ins Büro. Der Chef hatte ihn dorthin zitiert. Er ahnte es schon, das bedeutete nichts Gutes.

»Noch Kaffee, Walde? Du siehst müde aus.«

»Nee, lass mal! Kauf mir lieber ein paar von unserem *Mega 2021* ab. *Das* würde mir helfen! 'Ne Tasse Kaffee eher nicht.«

»Tut mir leid, Walde. Der Absatz der Grills verläuft in letzter Zeit mehr als schleppend. Da kann ich mir nicht noch euer Nobelmodell hier hinstellen. Grillen ist out. Man dampfgart heute. Gemüse!«

»Hör auf!«, winkte Waldemar ab und verdrehte die Augen. »Nichts geht über Fleisch vom Grill. So ein saftiges Steak, wer will darauf schon verzichten? Das sind doch nur ein paar Spinner.«

Waldemar saß wieder in seinem SUV. Ohne Auftrag. Die dunklen Ringe unter den Augen hielten sich trotz ausreichenden Schlafs hartnäckig. Auch der fahle Teint wollte nicht weichen. Er machte sich Sorgen. Langsam bedrohten die miserablen Abverkäufe seine Existenz.

Als bester Verkäufer des Unternehmens hatte er all die Jahre gut verdient. Entsprechend gestaltete sich sein Lebensstandard. Er besaß ein großes Haus und unternahm zahlreiche Urlaubsreisen mit dem Flugzeug oder einem Kreuzfahrtschiff.

Früher wurde er dafür bewundert, manchmal beneidet. Heute hatte er das Gefühl, schief angesehen zu werden, wenn er davon erzählte. Klimakiller hatte seine Tochter ihn sogar einmal genannt. Sein eigen Fleisch und Blut, zweiundzwanzig Jahre alt und Fleischverweigerin.

Insgeheim wusste er, dass die guten Zeiten in seiner Branche vorüber waren. Zuerst waren es nur Tierschützer und ein paar Gesundheitsapostel. Mittlerweile schrien auch die Klimaaktivisten lauthals gegen den Fleischkonsum.

Er persönlich hatte noch nichts mitbekommen vom Klimawandel. War doch gut, wenn es warm war. Was gab es Schöneres als eine Grillparty und ein kaltes Bier an einem heißen Tag? Wenn es trocken war, so what? Dann musste man eben mehr gießen.

Artensterben, Erderwärmung, Überschwemmungen, Waldbrände, Plastikmüll ... Solange die Regierungen nichts dagegen unternahmen, konnte es nicht so schlimm sein. Und die Medien? Die profitierten von dieser Panikmache. Warum sollte er als Einzelner sich da einen Kopf machen? Er allein konnte die Welt nicht retten.

Das nächste Verkaufsgespräch verlief ähnlich niederschmetternd, wie das erste. Er verließ den Kunden ohne Auftrag. Nicht mal mehr der *Mega 2021* fand Abnehmer. Ein Luxusmodell, ausgestattet mit allen Finessen, die jeder Grillfreund sich wünschte. Das Beste, was derzeit auf dem Markt war.

Nach dem Kundenbesuch war es Zeit für die Mittagspause. Waldemar steuerte einen Imbiss an und bestellte eine doppelte Currywurst. Für unterwegs nahm er Frikadellen und einen Coffee-to-go mit. Während er in den Fleischklops biss, dachte er über seine finanzielle Misere nach. Was, wenn er sein Haus verlöre? Es war mit einer stattlichen Hypothek belastet. Seine Reserven waren auch aufgebraucht.

Mit zusammengekniffenen Lippen warf er die angebissene Frikadelle zurück in die Plastikschale. Sein Magen rebellierte.

Konnte der Tag schlechter werden? Ja, er konnte! Das Gespräch in der Chefetage verlief alarmierend. Wenn es so weiterging, war er seinen Job los. Das hatte man ihm unmissverständlich klar gemacht.

Zuhause empfing ihn bereits ungeduldig seine Angetraute. Von den Existenzängsten ahnte sie nichts. »Da bist du ja endlich. Wir sind doch zum Abendessen bei Paula eingeladen.«

Auch das noch. Essen bei der Tofutante. Welch passender Abschluss für einen ohnehin missratenen Tag. Wortlos zog er sich die Krawatte vom Hals und tauschte Sakko gegen Lederjacke, feinstes Lammnappa. Ein Dorn im Auge seines Sprösslings mutmaßte er, während seine Frau ihn zur Eile antrieb.

Paula hatte sich Mühe gegeben. Der Tisch war gedeckt, Kerzen brannten und serviert wurde ein Gulasch mit Nudeln. Walde staunte. Fleisch hatte er bei seiner Tochter nicht erwartet. Es schmeckte hervorragend. Das Dessert, ein Gedicht. Eine Mousse au Chocolat, so erstklassig wie in einem Sternerestaurant. »Mein Engel, du kochst so gut wie deine Mama.«

Paula freute sich. Welch unerwartetes Lob von Papa!

Waldemars finstere Miene hatte sich inzwischen aufgehellt. »Danke, dass du uns keine deiner veganen Geschmacklosigkeiten vorgesetzt hast.«

»Ach Paps, Gulasch und Mousse waren hundert Prozent pflanzlich, also absolut tierleidfrei und klimafreundlich.«

Ob er wollte oder nicht, Waldemar musste herzlich lachen. »Kompliment, mein Schatz.« Dann wurde es Zeit, aufzubrechen.

Das Lächeln stand ihm noch im Gesicht, als er auf dem Parkplatz in sich zusammensackte. Diagnose: Herzinfarkt! Waldemar hatte großes Glück gehabt, dass die Rettungssanitäter so zügig eingetroffen waren. Ihr schnelles Handeln hatte ihm das Leben gerettet.

Während seines Aufenthaltes auf der Intensivstation hatte er viel Zeit zum Nachdenken. Wenn er schlief, suchten ihn wirre Träume heim. Eines Nachts war es besonders schlimm. Seine Kündigung klebte an der Tür eines riesigen Dampfgarers. Der Chef brüllte ihn an: »Grillen ist out!« Sein Lieblingsimbiss verkaufte veganes Gulasch ohne Tierleid. Er selbst war eingepfercht in einem Viehtransporter, der auf einer von klimafreundlichen Schokoladenbergen gesäumten Landstraße fuhr. Das Ziel war ein entfernt gelegener Schlachthof, wo er und seine geschundenen Mitreisenden, allesamt tierische Leidensgenossen, zu Tode gefoltert wurden.

Keiner seiner Träume hatte sich je so realistisch angefühlt.

Waldemar erwachte schweißgebadet. Sein Herz raste so schnell, dass sofort eine Pflegekraft herbeigeeilt kam, um nach ihm zu sehen.

Er stand noch unter den Eindrücken seines Albtraums, als er eine Entscheidung traf. Er wollte seinen Lebensstil ändern.

Nach dem Krankenhausaufenthalt verschrottete Waldemar zuerst seinen Grill. Dann schickte er eine Bewerbung an den führenden Hersteller von Dampfgarern und bekam die Stelle als Salesmanager. Mit gutem Gehalt und den erzielten Verkaufsprovisionen waren die Existenzängste passé.

Fleisch aß Waldemar nicht mehr. Sein Traum hatte ihm die Augen für die Leiden seiner Mitgeschöpfe geöffnet. Den SUV tauschte er gegen ein Elektrofahrzeug und für den nächsten Urlaub war eine Fahrradtour geplant. Hin und wieder sah man ihn sogar zusammen mit seiner Tochter auf Demos für mehr Klimaschutz.

Waldemars Augenringe waren verschwunden, sein Teint strahlte gesund. Und seine Blutwerte waren vorbildlich. In der neuen Rolle als Fleischverweigerer fühlte er sich besser denn je.

Weihnachtswahnsinn

Aus dem Radio dudelte »Last Christmas«. Ina grölte lauthals mit. Sie räumte die Wohnung auf. Dabei legte sie den ein oder anderen Tanzschritt ein. Das Lied machte gute Laune. Beim Blick auf die Uhr jedoch ließ sie alles stehen und liegen. Wie immer war sie spät dran und wollte ihre beste Freundin Silvi keinesfalls warten lassen. Die war genervt von ihrer ständigen Unpünktlichkeit. Beim nächsten Mal kündigte sie Ina die Freundschaft, hatte Silvi scherzhaft angedroht.

Ina schnappte ihre Tasche, warf sich eine Jacke über und suchte die Schlüssel. Fündig wurde sie in der Küche. Dort lagen sie zwischen den Kräutertöpfen auf der Fensterbank. Das Radio hatte sie auch noch nicht ausgeschaltet. Gerade war das Lied verklungen, welches sie eben so ausgelassen mitgesungen hatte.

Wieso eigentlich »Last Christmas«? War denn schon wieder Weihnachten? Ina lachte und vollführte eine abwinkende Handbewegung. Nee, das konnte nicht sein. Es war doch erst November. Beim Blick auf den Kalender tanzte allerdings eine Drei vor ihren Augen. Was?

Der dritte Dezember? Alles drehte sich in Inas Kopf. Das Fest der Liebe stand vor der Tür! Sie hasste es.

Kraftlos ließ sie sich auf einen Stuhl am Esstisch sinken. Ihre Gedanken kreisten um Dekoration, Baum, Geschenke, Festmenü und das Schlimmste, die liebe Verwandtschaft.

Ihre Freundin hatte sie darüber völlig vergessen. Wie lange sie schon in dieser Schockstarre verharrt hatte, als das Handy klingelte, konnte sie nicht abschätzen.

Das Läuten klang vorwurfsvoll, fand Ina, was vermutlich auf ihr schlechtes Gewissen zurückzuführen war, denn prompt fiel ihr Silvi wieder ein.

»Das musst du verstehen, Silvi. Ich glaube, ich stehe unter Schock«, versuchte sie die Freundin am Telefon zu beschwichtigen. »Dabei wäre ich heute ganz bestimmt pünktlich gewesen«, schwor Ina beim Leben ihrer Oma und hoffte auf ein versöhnliches Wort von Silvi.

Aber die ließ nicht mit sich reden. Diesmal nicht. »Weißt du was, auf eine Freundin wie dich kann ich verzichten. Ruf mich nie wieder an.« Ina hörte nur noch ein Knacken in der Leitung. Silvi hatte einfach aufgelegt.

Jetzt hatte ihr das so verhasste Weihnachten auch noch die beste Freundin gekostet.

Angeschlagen ließ sie den Kopf auf die Tischplatte sinken und brach in Tränen aus.

Aus dieser Position heraus starrte sie ausgerechnet auf den hässlichen Kalender, der die gesamte
Küche verschandelte, die schlicht und modern
ausgestattet war. Die einzige Ausnahme stellte
dieses Machwerk dar. »Als gute Hausfrau durch
das Jahr«. Jeden Monat gab es Koch- und Ein-
kochrezepte, Tipps zum Putzen oder zum perfekten Bügeln. Illustriert war die Geschmacklosig-
keit mit niedlichen bunten Bildchen. Läse man
nicht in groß gedruckten Ziffern 2018 darauf,
hätte man ein Relikt aus den 1950er Jahren vermutet.

Nach dem letzten Weihnachtsfest hatte sie das
Geschenk ihrer Schwiegermutter umgehend ins
Altpapier geworfen. Ihr Mann aber hatte den
Kalender kommentarlos wieder hervorgekramt
und mit einem Nagel an der Wand befestigt. »Ist
doch ganz hübsch. Sie meint es doch nur gut«,
hatte er sie zu überzeugen versucht. Um des ehe-
lichen Friedens willen hatte Ina ihn gewähren
lassen und den Schandfleck tapfer das ganze Jahr
lang ertragen.

Ina meinte, jedes neue Weihnachtsfest fiel noch
schlimmer aus als das Vorangegangene.

Das Letzte zum Beispiel war eine echte Katastrophe. Es konnte keine Steigerung mehr geben. Andererseits kannte sie ihre Familie. Bei der war alles möglich.

Oma Rosa hatte ihnen schon während des Essens die Stimmung verdorben, indem sie in regelmäßigen Abständen Rotweinsauce auf die anderen Gäste niederprasseln ließ. Außerdem fand Oma, das Fleisch sei zu zäh und das Gemüse roh. Von wegen al dente!

Als die Frage auftauchte, wie sich die Sauce aus dem feinen Feststagszwirn wohl wieder entfernen ließe, blätterte Schwiegermutter mit triumphierenden Blick im Hausfrauenkalender und wurde natürlich fündig. Im Anschluss sparte sie nicht an Eigenlob über das äußerst nützliche Weihnachtsgeschenk für die Schwiegertochter. Ina lachte deutlich zu laut und trug bereits hektische rote Flecken im Gesicht. Inzwischen war das Essen kalt geworden und den Gästen sowieso der Appetit vergangen. Selbst das Dessert blieb unangetastet im Kühlschrank stehen.

»Darauf einen Schnaps«, rief Onkel Fred in die Runde und erntete Beifall von allen Seiten. Nur Tante Gundula lehnte Alkohol vehement ab. Sie dozierte umfassend darüber, wo es hinführen konnte, wenn man den geistigen Getränken zu sehr zugeneigt war. »Man muss auch mal nein sagen können!«, beendete sie ihren Monolog. Niemand wunderte sich über den Umstand, dass ausgerechnet Gundula im Laufe des Abends immer angetrunkener erschien. Ohnehin ahnte es jeder, sie war eine heimliche Trinkerin. Bei den Gästen sorgte ihr Zustand für Belustigung. Das hob die durch Omas Tischmanieren verdorbene Stimmung wieder an.

Doch dann fiel Gundula in den Tannenbaum und riss die ganzen zwei Meter mit sich zu Boden. Um Haaresbreite hätte sie sich mit der Lichterkette stranguliert. Schließlich lag sie reglos inmitten der Scherben des antiken Christbaumschmucks. Die Glaskugeln aus dem ausgehenden 19. Jahrhundert waren Erbstücke und seit Generationen im Besitz der Familie. Ina konnte die aufkeimenden Hassgefühle kaum noch unterdrücken.

»Schnell, wir brauchen einen Notarzt«, rief jemand. Schwiegermutter hatte natürlich als Erste ihr Telefon zur Hand und verständigte den Rettungsdienst. Während die Sanitäter die verletzte Frau auf eine Trage betteten, packte Ina in der Küche die unangetastete Nachspeise in eine Frischhaltebox.

»Für Sie, falls Sie mal eine ruhige Minute haben«, verabschiedete sie die Rettungskräfte und stellte das Gefäß auf Gundulas Bauch ab, als die hinausgetragen wurde.

Anschließend wuselte Ina mit dem Staubsauger zwischen den Gästen durch das Wohnzimmer. Nachdem der Christbaum aufgestellt und der Boden wieder begehbar war, kramte sie aus der hintersten Ecke des Regals eine alte CD hervor. Ihr Lieblingsweihnachtslied! Das brauchte sie, um ein wenig Dampf abzulassen. In diesem Song erhängte sich der Weihnachtsmann auf dem Dachboden. Erstaunlich über wie viel Einfühlungsvermögen doch die alten Punker von den »Roten Rosen« verfügten. Mit Kopfhörern auf den Ohren summte Ina in schriller Tonlage das Lied mit und lief in den Keller. Irgendwo dort musste noch ein Seil herumliegen …

Es knackte und knirschte im Gebälk. Ina riss die Augen auf und saß aufrecht im Bett. Der dröhnende Aufprall ihres Körpers auf den Fußbodendielen des Speichers hatte sie endlich aus diesem Albtraum erlöst. Sie atmete schwer. Was für ein Wahnsinn!

Ungeachtet der Uhrzeit griff sie zum Telefon neben ihrem Bett.

»Silvi, ich muss dir unbedingt etwas sagen«, stammelte sie japsend in den Hörer.

Silvi gähnte am anderen Ende der Leitung. »Es ist mitten in der Nacht! Was gibt es denn so Dringendes?«

»Nie wieder werde ich mich über mein Single-Dasein beschweren. Ich will auch nicht mehr mit dir tauschen, ganz sicher nicht.«

»Das hätte auch bis morgen warten können«, antwortete Silvi schlaftrunken.

»Nein! Hätte es nicht. Du darfst das nicht tun, Silvi! Die Balken sind ohnehin morsch.«

»Ich verstehe nur Bahnhof.« Silvi gähnte erneut in den Hörer.

»Ich bin dir auch nicht mehr böse, wenn du dich verspätest. Ab jetzt habe ich vollstes Verständnis für deine Situation, Silvi.«

Nach dem Telefonat suchte Ina ihre Küche auf und vergewisserte sich, dass kein Hausfrauenkalender den Raum verschandelte.

Ein B steht selten allein

Brunhilde betrachtet Bilder. Beleidigte Blicke. Betrug! Bruno begleitet berüchtigte Berta bei Bankett. Berta betörend bekleidet: bestickte blaue Bluse, brandneu.

Bildbeweise bewirken beträchtliche Bedrängnis bei Bruno. Brunhilde betrübt. Bruno betrübter, benötigt Bier.

Bevor beide beklemmende Bildbelege besprechen, beweint Brunhilde bereits Brunos baldiges Begräbnis.

Lenas Vermächtnis

Erst 16.30 Uhr! Ich war erheblich zu früh auf dem überfüllten Bahnsteig. Füße und Rücken schmerzten nach einer ausgedehnten Shopping-tour. Einen Sitzplatz zu erobern, erwartete ich nicht um diese Uhrzeit. Dennoch scannte ich das langgezogene Areal ab, während ich an der Mau-er des Treppenaufgangs lehnte, um meinen Rücken zu entlasten. Vollbesetzte Bänke, wohin ich auch sah. Kurz zog ich in Erwägung, mich auf den schmutzigen Boden zu hocken. Nur der Ekel hielt mich davon ab.

Zwanzig lange Minuten noch bis zum Eintreffen des Zuges. Nie wieder trüge ich unbequeme Schuhe zum Stadtbummel, schwor ich mir, gutes Aussehen hin oder her. Einen Augenblick später blieben meine Augen ungläubig an einem freien Platz hängen. Glück musste man haben. Ich raffte die Einkaufstaschen zusammen und peilte die Sitzgelegenheit an. Erst auf dem Weg dahin nahm ich die Frau wahr, die ganz allein dort saß. Ich ahnte, warum neben ihr alles frei geblieben war. Sie wirkte ungepflegt.

Das stumpfe Haar war nachlässig zu einem Zopf zusammengebunden, dazu war sie abgemagert und ungewöhnlich blass. Ihre Finger krampften sich um den Hals einer braunen Flasche, so als hielte sie sich daran fest. Alles klar! Bier, mutmaßte ich angewidert.

Nach einem kurzen Zögern setzte ich mich an den äußersten Rand der Bank. Ohne die Frau anzuschauen, mühte ich mir ein knappes »Hallo« ab. Ihre dünne Stimme ging fast unter im Bahnhofsgetöse, als sie den Gruß erwiderte.

Verstohlen musterte ich sie. Die Jacke war zu groß und zu warm für die Jahreszeit. Das passte zu meiner Vorstellung von einer obdachlosen Trinkerin. Bei genauerem Hinsehen aber stellte ich fest, dass es sich um ein teures Markenmodell handelte und durchaus gepflegt war. Mein Blick wanderte ein Stück höher bis zu ihrem Gesicht. Aus der Nähe betrachtet sah sie jünger aus. Ein Rinnsal Speichel lief ihr aus dem Mundwinkel. Wortlos schob ich ihr eine Packung Papiertaschentücher rüber und deutete mit dem Finger auf den Mund. Ihre matten blauen Augen leuchteten kurz auf und sie hauchte ein Dankeschön. Sie ist hübsch, dachte ich verwundert.

»Möchten Sie meinen Kaffee? Ich habe ihn noch nicht angerührt. Und er ist noch heiß.«

Während ich das sagte, rutschte ich auf der Bank ein Stück näher an sie heran.

Sie schüttelte ablehnend den Kopf. »Vielen Dank. Das ist sehr nett von ihnen, aber Kaffee vertrage ich nicht so kurz nach der Chemotherapie. Ich komme gerade aus der Klinik.« Sie hielt mir die Flasche hin. »Malzbier geht«, fuhr sie fort. »Seit der Krebstherapie fällt mir das Essen so schwer.«

Malzbier also, dachte ich beschämt. »Wenn das so ist, sollten Sie nicht hier ganz allein auf dem Bahnhof sitzen. Haben Sie niemanden, der sich um Sie kümmert?«

Sie stellte die Flasche neben sich auf der Bank ab und vergrub ihre Hände tief in den Jackentaschen. Es schien ihr schwerzufallen, auf die Frage zu antworten.

Doch dann sagte sie nach einer Weile: »Nein, nicht mehr. Meine Eltern sind bereits tot. Mein Mann ...«, sie schluckte und legte eine weitere Pause ein, bevor sie weitersprach. »Mein Mann auch. Heute ist sein erster Todestag.«

Der traurige Tonfall bohrte sich tief in mein Herz hinein. Aus ihren Augen lösten sich ein paar Tränen und wanderten an ihren Wangen hinab bis zum Kinn. Umständlich fingerte ich ein Taschentuch aus dem Päckchen, welches noch zwischen uns lag, und reichte es ihr.

Vor meinem inneren Auge sah ich Paul, meinen Ehemann, der jetzt vermutlich gerade am Herd stand und das Abendessen für uns vorbereitete. Der Gedanke, er könne sterben, war unvorstellbar für mich.

»Und Geschwister oder Freunde?«, hakte ich nach und hoffte, dass sie mich nicht als aufdringlich empfand.

»Geschwister habe ich leider nicht. Nach Michas Tod und meiner anschließenden Krebsdiagnose haben sich unsere Freunde immer mehr zurückgezogen. Ich glaube, sie fühlten sich hilflos, einfach überfordert mit der Situation.«

»Wahre Freunde sind etwas Seltenes«, sinnierte ich und ergriff spontan ihre Hand. Mitgefühl erfüllte mich. Ich spürte, dass ihr diese impulsive Geste nicht unangenehm war, so schluckte ich die entschuldigenden Worte auf meiner Zunge herunter und hielt sie einen Moment lang fest. Ihre Hand lag kalt und kraftlos in der meinen.

»Ich kann es ihnen gar nicht übel nehmen. Der Umgang mit mir war schwierig«, entschuldigte sie ihre Freunde.

Mir war flau im Magen. Was für eine tapfere Person. Trotz ihrer verzweifelten Lage hatte sie so viel Verständnis für die anderen.

»Ich heiße übrigens Josi«, stellte ich mich vor.

»Lena«, flüsterte sie lächelnd.

In der Ferne sah ich einen kleinen Punkt immer größer werden. Mein Zug rollte ein. Ich brachte es kaum fertig, Lena hier allein zurückzulassen. Aber sie bestand darauf, dass ich nach Hause fuhr. Bevor ich mich erhob, reichte ich ihr meine Karte. »Melde dich doch bei mir, wenn ich etwas für dich tun kann. Wenn du reden möchtest, ich bin jederzeit für dich da.« Wortlos ergriff sie das Stück Papier.

Im Zug nahm ich den üblichen Bahnfahrerwahnsinn um mich herum gar nicht wahr. Mit meinen Gedanken war ich immer noch bei Lena. In der nächsten Zeit dachte ich viel an sie und ihr tragisches Schicksal.

Eines Nachts träumte ich sogar von ihr. In diesem Traum schien sie völlig genesen zu sein. Glänzendes blondes Haar fiel ihr offen über die Schultern. Der Teint strahlte mit ihren leuchtenden Augen um die Wette. Sie lächelte mich an. Dann hob sie die Hand und winkte mir zu, bevor sie sich entfernte. Ich schreckte hoch und war so aufgewühlt, dass ich nicht wieder einschlafen konnte. Seit unserer Begegnung auf dem Bahnhof waren mittlerweile zehn Tage vergangen. Ob sie sich noch bei mir meldete?

Nach drei weiteren Tagen erhielt ich Post von einem Sterbehospiz. Darin teilte man mir mit, dass Lena für immer eingeschlafen war. Es sei sehr friedlich vonstattengegangen. Sie hätte darum gebeten, mich im Falle ihres Dahinscheidens zu informieren.

Tränen fielen auf das Blatt Papier, das vor mir auf dem Tisch lag. Ich trauerte um Lena wie um eine gute Freundin, obwohl wir uns doch kaum kannten. Mein Blick wanderte noch einmal zu Lenas Sterbedaten und ich bemerkte, dass es sich genau um die Nacht handelte, in der ich von ihr geträumt hatte. In dem Moment begriff ich, dass Lena sich auf diese Weise von mir verabschiedet hatte. Und diese Gewissheit trug ich seitdem in meinem Herzen.

Bald hatte mich der Alltag wieder eingeholt. Trotzdem vergaß ich Lena nicht. Unsere kurze, aber intensive Begegnung hatte etwas in mir verändert.

Die Menschen betrachte ich nun mit einem anderen Blick. Wann und wo immer ich ihnen seither begegne, bleiben die Schubladen in meinem Kopf geschlossen.

Man muss den roten Knopf drücken

Rumms! Es fuhr unangenehm durch meinen Körper, so dass ich einen Augenblick lang hin und her geschüttelt wurde, wie die Blätter eines Baumes im Wind. Es folgte ein kurzes unheilvoll klingendes Knarren, dann stand die Fahrstuhlkabine zwischen dem dreizehnten und vierzehnten Stockwerk. Ich drückte mich noch enger in meine Ecke.

Der Typ mit den sauteuren Schuhen schaute mich fortwährend an. Ich sah es nicht, aber ich konnte es spüren. Meinen Blick hatte ich konsequent gen Boden gerichtet, seit er zugestiegen war. Ich hasste solche Kerle. Der Kleidung nach zu urteilen, legte er keinen Wert auf Understatement. Das hatte ich sofort erkannt. Diese drei Quadratmeter hätte ich lieber mit einer Giftschlange geteilt als mit dem. Unsere missliche Lage konnte ich jedoch nicht ewig ignorieren. Also straffte ich meine Schultern, hob den Kopf und sah zu dem wohl 1,90 Meter großen Mann auf, geradewegs in kalte stahlblaue Augen. Ein kurzes Nicken seinerseits interpretierte ich weniger als Begrüßung, sondern eher als ein »Na endlich, Kleine!«

Arroganter Mistkerl, dachte ich und fühlte mich in meiner schlechten Meinung bestätigt.

Ein kurzes Räuspern leitete seine Worte ein. »Man muss den roten Knopf drücken.«

Das ärgerte mich. Warum tat er es nicht einfach?

Aber nicht mit mir, du Schnösel! Um Zeit zu gewinnen, richtete ich meine Kleidung. Eine abgerissene Jeans und die kurze Kittelschürze mit dem Schriftzug der Putzfirma, für die ich arbeitete. »Nur zu!«, ermunterte ich ihn.

»Bitte?« Er schob eine seiner gepflegten Augenbrauen nach oben.

Wusste ich es doch! Einer, der nichts selber erledigte, sondern alles delegierte.

»Ja, dann mache ich das mal.« Er wendete sich dem Paneel mit den Knöpfen zu und betätigte die Notruftaste.

»Machen Sie sich keine Sorgen. Die Fahrstühle in all meinen Objekten sind einwandfrei gewartet und auf dem neuesten Stand der Technik«, ließ er mich wissen.

Ein Immobilienbonze also, schloss ich aus seinen Worten und warf ihm ein knappes »Yep« hin. Das Wort Angeber konnte ich mir gerade noch verkneifen. »All meine Objekte« äffte ich ihn innerlich nach.

Jetzt starrte der mich schon wieder so an. Um mich der unangenehmen Situation zu entziehen, zog ich einen Putzlappen hervor und polierte einen Fleck vom Spiegel fort.

Hätte ich damals doch nur nicht das Studium geschmissen, um mich ganz und gar der Kunst zu verschreiben. Leider brotlos. Während meiner gesamten Karriere als Malerin hatte ich gerade mal ein einziges Bild verkauft. Deshalb musste ich mich auch mit diversen Putzjobs über Wasser halten.

»Jetzt weiß ich es!«, quatschte der mich aufs Neue an. »Ich weiß jetzt wieder, woher ich Sie kenne.« Unbeteiligt schaute ich auf meine Fingernägel.

»Vor einer Weile habe ich Ihnen auf dem Künstlermarkt ein Bild abgekauft. Es hängt in meinem Büro und findet allgemein Gefallen.«

Augenblicklich gehörten ihm meine volle Aufmerksamkeit sowie das strahlendste Lächeln, zu dem ich fähig war. Bei genauerem Hinsehen war er eigentlich doch ganz sympathisch mit seinen freundlichen blauen Augen.

Ich hatte es gleich gespürt! Das war der Beginn einer wundervollen Freundschaft.

Josefine

Die Uhr schlug fast neun, als Vincent sich nach dem Dinner allein an der langen Tafel im Speisezimmer seines Herrenhauses in die Bibliothek zurückzog. Dort machte er es sich auf dem Chesterfield-Sofa mit einem Whiskey bequem. Das lodernde Feuer im Kamin verbreitete eine angenehme Wärme. Eigentlich beabsichtigte er, noch einige Geschäftspapiere durchzusehen. Doch nach dem langen Arbeitstag fielen ihm die Augen zu.

Umgehend glitt er in einen Traum, aus dem er nur wenige Minuten später aufgewühlt erwachte. Das Herz schlug ihm bis zum Hals. Jenseits seines Wachbewusstseins hatte ihn ein in weißes Tuch gewandeter Jüngling empfangen, der sich als Götterbote ausgegeben und ihm dann wortlos eine Nachricht überreicht hatte. Auf der Karte fand Vincent eine Botschaft, die wunderbarerweise in ihrer Handschrift verfasst war:

Liebster, triff mich um Mitternacht im weißen Pavillon. Ich freue mich auf dich. Bitte sei pünktlich. Kuss Josefine.

Die Traumszene hatte sich absolut real angefühlt. Und fürwahr hielt er nach dem Aufwachen in seiner verkrampften rechten Hand zwischen Daumen und Zeigefinger das champagnerfarbene Papier mit ihrer Mitteilung. Ein zarter Hauch von Orchidee stieg ihm in die Nase.

Sein Verstand rebellierte gegen diese unwirkliche Situation. Womöglich litt er unter Halluzinationen.

Dennoch schnappte er sich den Schlüssel, lief aus dem Haus und sprang in sein Auto, um alle Verkehrsregeln außer acht lassend davonzurasen. Nach einigen Kilometern verabschiedete sich der Motor mit einem kurzen Stottern. Der sonst stets Haltung bewahrende Vincent hatte geflucht wie ein Holzfäller. Sein Fahrzeug war schließlich kein schrottreifes Wrack, sondern eine zuverlässig gewartete Limousine der gehobenen Klasse.

Er stürzte aus dem Wagen und lief los. Das Auto blieb verlassen auf der schmalen Landstraße zurück.

Vincent hatte einen langen Fußweg vor sich. Die klare, kalte Winternacht brachte ein Glitzern und Funkeln hervor, als ob sich alle Sterne des Himmels im frisch gefallenen Schnee spiegelten. Dieser lag wie eine kostbar bestickte Decke auf dem wundervollen Fleckchen Erde. Der abnehmende

Mond stand sichelförmig am Himmel und verbreitete sein silbriges Licht. Vincent aber hatte keine Augen dafür. Seit damals funktionierte er nur noch wie eine Maschine, die ihren Dienst verrichtete. Er atmete, er aß, trank, und er arbeitete bis zum Umfallen.

Wenn er sein Ziel rechtzeitig bis Mitternacht erreichen wollte, musste er sich beeilen. Vincent sah an seinem Seidenanzug herunter und wünschte, er hätte sich etwas Wetterfestes angezogen, bevor er aus dem Haus gerannt war. Auch die feinen Lederschuhe waren nicht dafür gemacht, durch die immer höher wachsende Schneeschicht zu stapfen.

Langsam kam er außer Atem. Das hinderte ihn nicht daran, den mühsamen Weg tapfer fortzusetzen. Wie eine Kompassnadel vom Nordpol wurde er von seinem Ziel angezogen.

Bald hatte er die Lichtung erreicht. Von dort aus kam das Häuschen in Sichtweite. Er musste seine Augen anstrengen, um aus der Ferne den weißen Pavillon inmitten der verschneiten Landschaft auszumachen. Im Sommer leuchtete seine gekalkte Fassade schon von Weitem. Vor dieser winterlichen Kulisse aber, hob er sich nur schemenhaft von der Umgebung ab.

Vincent näherte sich dem Pavillon und nahm das flackernde warme Leuchten wahr, das durch das kleine Fenster nach draußen fiel. In seiner Vorstellung wartete Josefine im Kerzenlicht auf ihn. So wie damals.

Das war nicht möglich, warnte ihn sein Verstand. Kehr um! Sein Herz aber sagte etwas anderes.

Dann meinte er, ihre zarte Silhouette durch die Scheibe ausmachen zu können. Die Uhr zeigte zwei Minuten vor Mitternacht an. Er beschleunigte ein weiteres Mal seine Schritte und drückte mit letzter Kraft die verschnörkelte Klinke der alten Holztür herunter, um ins Innere zu gelangen.

»Josefine?«, rief er und wartete vergeblich auf eine Antwort. Sie war nicht da. Wie sollte das auch möglich sein, fragte er sich immer noch leise hoffend. Sein Blick fiel auf die Kaminuhr. 0.01 Uhr! Zu spät, stellte er mit bleicher Miene fest. Nur ein paar Atemzüge zu spät.

Ein Duft lag in der Luft. Ihr Duft. Orchidee! Das war doch keine Einbildung. Und die Kerzen brannten. Wer sollte die angezündet haben?

Vincent ließ sich auf die Liege sinken und vergrub seinen Kopf in die Kissen, auf denen sie damals gelegen hatte. Seine kalten Hände krallten sich in den Stoff.

Schmerzliche Sehnsucht ließ in ihm das Verlangen übermächtig werden, nur einmal noch in ihre großen indigofarbenen Augen zu schauen. Diese Augen, die alles und jeden voller Liebe angesehen hatten.

Einst hatte er sich unsterblich in die zerbrechlich wirkende Josefine verliebt. Eine warmherzige Frau, die eine ganz besondere Aura umgab. Sie war wie ein Engel, der ein wenig Licht in das manchmal so triste Erdendasein brachte.

Aber bereits damals legte sich mitunter ein Schatten der Angst über diese glücklichen Tage. Dann befürchtete Vincent, ihnen bliebe nicht viel Zeit.

»Ich habe es geahnt«, schrie er laut in die Nacht. »Ich habe es damals schon geahnt«, flüsterte er noch einmal in die Kissen.

Womöglich hatte er ihr deswegen so rasch den Heiratsantrag gemacht, den Josefine voller Freude angenommen hatte. Vor zwölf Monaten hatten sie dann ihre Hochzeit gefeiert. Genau vor einem Jahr.

Vincent schlug sich mit der flachen Hand gegen die Stirn. Heute jährte sich der Tag! Wie erfolgreich er das doch verdrängt hatte. Jetzt aber war er bereit dazu, den einstigen Ereignissen Zugang zu seinem Bewusstsein zu gewähren.

Damals, am Abend der Hochzeitsfeier vermisste er nach dem Brautwalzer plötzlich seine Liebste. Er hatte sie bereits gesucht, als ein Bediensteter ihm einen Brief von Josefine überbrachte. Darin stand, dass sie in den Pavillon vorausgegangen war. Sie brauchte einen Moment der Ruhe und freute sich darauf, später endlich mit ihm allein zu sein.

Nach einer halben Stunde war Vincent ebenfalls aufgebrochen und hatte voll freudiger Erwartung das kleine Häuschen betreten. Auf dem Tisch standen zwei Gläser sowie eine eisgekühlte Flasche Champagner. Überall brannten Kerzen und die verstreuten Blütenblätter verbreiteten ihren betörenden Duft. Josefine lag in ihrem weißen Kleid mit geschlossenen Augen auf der Liege. Die für die Brautfrisur hochgesteckten Haare hatte sie geöffnet. In goldenen Wellen flossen sie über die Kissen. Es ging etwas unbeschreiblich Friedliches von diesem Bild aus.

Vincent setzte sich zu ihr und ergriff Josefines Hände, die, wie zum Gebet gefaltet, auf ihrem Bauch ruhten. Sie fühlten sich noch warm an. Aber Josefine war tot.

Vincent blieb wie versteinert an ihrer Seite, ohne seinen Blick von ihr lösen zu können. Es hatte die ganze Nacht gedauert, bis er es wirklich begriffen hatte. Der Tod hatte Josefine von seiner Seite gerissen. Ihr schwaches Herz hatte einfach aufgehört, zu schlagen.

Vincent war nicht mehr derselbe, der sich am Morgen nach diesem ersten Hochzeitstag, der gleichzeitig Josefines Todestag war, von der Liege im Pavillon erhob. Der Schmerz tobte in ihm wie ein Feuerinferno. Nach all der Zeit war er endlich dazu in der Lage, die Trauer zuzulassen. Alles war besser, als die Taubheit, die damals in Josefines Todesnacht von ihm Besitz ergriffen und ihn bis dahin nicht mehr losgelassen hatte. Das Leid zerriss ihn fast. Doch jetzt konnte endlich Heilung beginnen.

Vincent schaute durch das kleine Fenster hinaus und sah am Horizont das Licht des neuen Tages aufgehen.

Einige Jahre später:
Nach dem Dinner zog Vincent sich in die Bibliothek zurück. Dort machte er es sich auf dem Chesterfield-Sofa mit einem Whiskey bequem. Er hatte wieder geheiratet.

Beth, seine Frau, übernachtete an diesem Abend bei einer Freundin in der Stadt. Sie hatte ihm eine kleine Tochter geschenkt, die schon in ihrem Kinderzimmer schlief. Es erschien Vincent wie ein Wunder, noch einmal so glücklich geworden zu sein. Seine Familie bedeutete ihm alles.

Vincents Blick wanderte umher und blieb an der gerahmten Traumbotschaft von Josefine hängen, die einen Platz an der Wand neben den Bücherregalen gefunden hatte.

Er hatte nicht versucht, die rätselhaften Geschehnisse zu ergründen. Einbildung konnte es jedenfalls nicht gewesen sein. Denn Josefines handgeschriebene Nachricht hing dort für jedermann sichtbar als wahrhaftiges Zeugnis für das, was Vincent in jener unfassbaren Nacht erlebt hatte.

Wenn er in die dunkelblauen Augen seiner kleinen Tochter schaute, fühlte er sich manchmal auf seltsame Weise an Josefine erinnert. Auch dieses Phänomen versuchte er nicht, mit seinem Verstand zu ergründen. Vielleicht waren es ja nur die Erinnerungen an eine sehr besondere Liebe, die ihn in solchen Momenten einholten.

Eines Abends nach dem Vorlesen der Gutenachtgeschichte hatte ihm sein Töchterchen ein

Geheimnis anvertraut. »Papa«, flüsterte die Kleine schon schläfrig, »manchmal besucht mich nachts mein Schutzengel und setzt sich zu mir ans Bett. Ich weiß jetzt, wie er heißt.«

»Ach ja?«, fragte Vincent, »wie ist denn sein Name, meine kleine Prinzessin?«

»Es ist eine Frau, Papa. Sie heißt Josefine und sie passt immer auf uns auf.«

Zukunftspläne

Schiller stupste mich mit seiner kalten Nase an. Ich reagierte nicht darauf, da ich derart konzentriert an meinem Text arbeitete. Es lief vortrefflich. Eine Idee jagte die nächste. Der Kreativitätsschub ließ mich endlich das Kapitel beenden, welches sich bisher so zäh in die Länge gezogen hatte.

»Warte Schiller, ich bin gleich fertig«, vertröstete ich meinen Hund. Sein Spaziergang war überfällig. Beschwingt, fast schon virtuos, ließ ich meine Finger über die Schriftzeichen der Tastatur gleiten, formte aus Buchstaben Wörter und aus Wörtern Sätze, die ich zu einem kunstvollen Ganzen aneinanderreihte. Ich empfand mich wie eine Pianistin, die ihrer schwarz-weißen Klaviatur die ganze Fülle der Welt der Töne entlockte. Ein letztes Ausrufezeichen und fertig war dieser wichtige Textabschnitt. Äußerst zufrieden stand ich auf und verließ das Homeoffice, begleitet von einem schwanzwedelnden Vierbeiner. Mittagspause. Heiß und aromatisch tropfte der Kaffee zum Mitnehmen in den Thermobecher. Mein

Hund, ausreichend Koffein und Bewegung an der frischen Luft spendeten mir neue Energie nach einem Vormittag am Schreibtisch. Die mittägliche Auszeit gemeinsam mit diesem gut gelaunten Bündel Lebensfreude mochte ich keinesfalls missen.

Endlich hatte ich den Sprung von der Stadt aufs Land gewagt. Nach der Kündigung meines gutbezahlten Jobs als Bankkauffrau war es genau der richtige Schritt gewesen. Die Miete hier draußen war bedeutend günstiger, und der schrille Sound der Großstadt hatte ohnehin schon lange an meinen Nerven gezerrt. Die Ruhe hier, fernab der urbanen Heimat, inspirierte mich und meine Arbeit als Schriftstellerin.

Der berufliche Befreiungsschlag war geglückt. Dabei hatte ich mir die Entscheidung nicht leicht gemacht. Auch Existenzängste hatten ein Recht darauf, gehört zu werden.

Das Gehalt, das pünktlich am Anfang eines jeden Monats auf dem Konto einging, sicherte meinen Lebensunterhalt. Doch der Leidensdruck am Arbeitsplatz wurde so groß, dass mir letztendlich nichts anderes übrig geblieben war, als mein Leben komplett umzukrempeln. Ich warf alle Bedenken über Bord, kündigte den Job und war fest davon überzeugt, das Richtige zu tun. Die Angst war verflogen und ich hegte unbändige Lust auf ein neues, freies Leben als Autorin.

Solange ich im Geldinstitut gearbeitet hatte, wandelte ich stets am Rande eines Burnouts. Zombies verfügten über mehr Vitalität als ich damals, während meiner Bankangestelltenzeit. So mochten sich die Ladys am Ende des vorletzten Jahrhunderts gefühlt haben, eingeschnürt in einem viel zu engen Korsett.

Der Beruf raubte mir die Luft zum Atmen. Das war nicht ich. Eine immer adrett gekleidete und frisierte Befehlsempfängerin, gefangen im winzigen Käfig der Arbeitszeit- und sonstigen Vorgaben. Ich wollte frei sein. Die Künstlerin in mir schrie nach Erfüllung.

In pessimistischen Momenten jedoch stellte ich mir mich selbst als abgerissenen Clochard vor, der morgens nicht wusste, mit was er seinen Bauch am Tage füllen und wo er seinen Körper in der Nacht betten sollte. Das wiederum war dann noch weniger ich als die Kleinkreditsachbearbeiterin im schicken Kostüm.

Tief in den Gehörgängen glaubte ich, aus der Ferne jemanden meinen Namen rufen zu hören. Die männliche Stimme wurde lauter und wütender.

»Frau Schimmelpfennig! Frau Schimmelpfennig! Hallo, hören Sie mich überhaupt?«

Das klang wie mein ehemaliger Chef, der Choleriker. In diesem Tonfall hatte er mich früher zurechtgewiesen, wenn ihm irgendetwas nicht passte. Nun verfolgte der mich sogar bis in mein neues Leben. Unwillkürlich schaute ich hoch. Da stand er leibhaftig vor dem Schreibtisch und erschien ziemlich real.

Die Wirklichkeit drang mir langsam, aber quälend ins Bewusstsein. Der Nebel lichtete sich und ich saß wie eh und je an meinem Arbeitsplatz in der Bank.

Auf dem Tisch stand ein Abbild von dem Hund, den ich hätte, wenn ich erstmal auf dem Lande wohnte. Ein Labrador, der den Namen meines Lieblingsdichters trüge. Sein gerahmtes Bild befand sich neben einer verkümmerten Grünpflanze, die sich vermutlich ebenfalls eine lebensfrohere Umgebung wünschte als dieses verstaubte Büro.

Die Augen vor Schreck geweitet, starrte ich meinen Vorgesetzten an. Durch das geöffnete Fenster nahm ich überdeutlich den höllischen Straßenlärm auch noch in der letzten Faser meiner Nervenbahnen wahr. Und mein Blick streifte den oft bemühten Sinnspruch des Aufstellkalenders „Träume nicht dein Leben – Lebe deinen Traum."

Worte des Chefs, deren Sinn sich mir nicht erschloss, prasselten schmerzhaft wie Fausthiebe auf mich ein. Die Augen weiterhin auf ihn gerichtet, schob ich meinen Stuhl mit eiserner Entschlossenheit nach hinten, erhob mich und streckte die Wirbelsäule, so dass ich größer wirkte, als ich tatsächlich war; nun wenigstens nicht mehr genötigt, zu ihm aufzuschauen.

Am liebsten hätte ich hysterisch gekreischt, was ich unter Aufbietung meiner letzten Kräfte zu unterdrücken vermochte. Immer noch standhaft die Augen des Aggressors fixiert, warf ich ihm den langgeprobten Text hin, der nur aus zwei Worten bestand: »Ich kündige!«

Dann griff ich nach meiner Tasche und verließ im Laufschritt das Büro. Im Kopf wiederholte sich wie eine hängengebliebene Schallplatte der Satz »Lebe deinen Traum, lebe deinen Traum, lebe deinen Traum ...«

»Wenn nicht jetzt, wann dann?«, antwortete ich ebenso oft.

Nach den befreienden zwei Worten gegenüber meines Chefs fühlte ich mich bereits lebendiger. Wie von den Toten auferstanden!

In dem Moment, als ich aus der Bank auf die Straße trat, brach die Sonne durch die schwarzen Wolken am Himmel, so dass ich wie im Licht des Scheinwerferkegels einer Theaterbühne weiter dahinschritt.

Bremsen quietschten, eine panisch tönende Hupe näherte sich. Das Auto kam nicht rechtzeitig zum Stehen. Das Auto, welches mich erfasst hatte.

„Lebe deinen Traum" dudelte die Schallplatte in meinem Kopf hartnäckig weiter.

Zu spät! Noch auf der Straße erlag ich meinen schweren Verletzungen.

Ein dicker Hund

Luise war Witwe und unglücklich. Wenn sie sich mit ihrem verstorbenen Mann auch ständig gestritten hatte, so war sie doch wenigstens nicht allein gewesen. Die vielen Auseinandersetzungen waren besser als gar keine Ansprache. Nun war sie eine einsame Frau von neunundsechzig Jahren. Freunde hatte sie nicht, war immer ausschließlich für Mann und Familie dagewesen. Kinder? Doch, die gab es, aber die hatten keine Zeit. Sohn und Tochter waren beruflich maximal eingespannt und feilten an ihren Karrieren. Da existierte kaum ein Privatleben. Schon gar nicht, um es mit der depressiven Mutter zu verbringen. Das tat weh. Dennoch hatte Luise Verständnis dafür, so wie sie ihr Leben lang für alles und für jeden Verständnis gehabt hatte.

Nun stand Weihnachten vor der Tür. Vermutlich würde sie das Fest wieder einmal allein in ihren vier Wänden verbringen.

Aber noch gab Luise die Hoffnung nicht auf, dass die Kinder sie diesmal besuchten. Vorsorglich hatte sie Plätzchen gebacken und sich mit ausreichend Lebensmitteln bevorratet, um für den Fall der Fälle ein gutes Essen auf den Tisch zu bringen.

Bis kurz vor Weihnachten hatte sie noch nichts von ihnen gehört. Luises Nachfragen, die sie auf diversen Mailboxen der Sprösslinge hinterlassen hatte, blieben unbeantwortet. Erst am 23. Dezember meldete sich ihre Tochter und erzählte am Telefon von einem spontanen Kurzurlaub. Noch am selben Abend ginge es los.

»Es tut mir so leid, Mami. Aber die Feiertage bieten sich einfach dazu an«, erklärte Sabrina. »Weißt du, mal so richtig ausspannen nach dem ganzen Stress. Das musst du verstehen.«

»Ja Kind, ich verstehe«, hauchte Luise in den Hörer. Ihr Herz krampfte sich zusammen. Die Augen füllten sich mit Tränen. Nur nichts anmerken lassen. Sie wollte ihrer Tochter die Freude nicht verderben. Die sollte unbeschwert ihre Ferientage verbringen.

»Dann erhole dich gut mein Mädchen und hab Spaß.« Luise wollte das Gespräch beenden. Doch Sabrina musste unbedingt noch etwas loswerden. »Übrigens, Brüderchen und ich haben ein ganz besonderes Weihnachtsgeschenk für dich. Du wirst staunen, Mami.«

Am selben Tag fand Luise eine Ansichtskarte im Postkasten. Ein Gruß von Sven, ihrem Sohn.

Der war schon in den Bergen, um das Fest mit seiner Freundin im Schnee zu verbringen. Luise stand mit der Karte in der Hand wie festgewachsen im Treppenhaus. Schließlich stieg sie, den Rücken noch etwas gebeugter, die Stufen zu ihrer Wohnung herauf. Svens Weihnachtsgrüße lehnte sie gegen die Vase mit dem Tannengrün auf der Kommode. Dann setzte sie sich in ihren Sessel und ergab sich vollständig den dusteren Gedanken.

Bleierne Müdigkeit kroch ihr in Körper und Geist. Schließlich legte sie sich schon nachmittags ins Bett. Erst am nächsten Morgen schaffte sie es, wieder aufzustehen und sich dem Tag zu stellen. Das war der vierundzwanzigste Dezember, Heilig Abend.

Den Vormittag verbrachte Luise wie jeden anderen Tag. Zum Frühstück schaltete sie das Radio ein. Dort spielten sie Weihnachtslieder und schon flossen erneut die Tränen. Frustriert schaltete sie das Gerät wieder aus. Der Versuch, sich mit ein wenig Hausarbeit abzulenken, scheiterte. Sie schaute vom Fenster aus auf die Straße hinunter, die sich langsam leerte. Am Himmel hingen graue Wolken, aber Schnee war nicht zu erwarten. Dazu war es zu warm.

Sie sah auf die Uhr. Nicht einmal zwei. Die nächsten Tage würden lang werden, endlos lang. Luise schaltete den Fernseher ein. Hoffentlich war wenigstens auf das Programm Verlass. Kaum saß sie in ihrem Sessel, da klingelte es an der Wohnungstür. Ihr Herz hüpfte freudig.

Wer mochte das sein? Unerwarteter Besuch. Etwa die Kinder, die es sich noch einmal anders überlegt hatten und sie überraschen wollten? Luise sprang auf und eilte zur Tür. Fehlanzeige! Da war niemand. Wohl aber rannte irgendwer die Treppe hinunter und ließ die Haustür geräuschvoll ins Schloss fallen. Dann war alles wieder still.

Die weitere Enttäuschung drückte Luises Kopf und ihre Schultern noch ein wenig tiefer nach unten. Sie schlurfte zurück in die Wohnung. Dabei streifte ihr Blick den abgenutzten Steinboden. Dort stand etwas. Es handelte sich um eine große Papiertüte. Gleich daneben befand sich ein Körbchen mit einem Gittergestell obenauf. Durch die Verstrebungen drückte sich eine schwarze feuchte Nase.

»Wer bist du denn?« Luises Stimme hob sich um einige Oktaven. Mit den Fingern fuhr sie sich durchs Haar. Womöglich ein Irrtum?

»Wir gehen erst einmal rein, dann schauen wir weiter«, säuselte sie, trug das Behältnis in die

Wohnung und holte die schwere Tüte hinterher, ehe sie die Gitterabdeckung vom Korb entfernte. Da lag er. Ihr Herzensbrecher!

Schon beim ersten Anblick war es um sie geschehen. Das kleine Fellknäuel hatte sich wieder in seinem Körbchen zusammengerollt und war eingeschlafen. Es handelte sich offensichtlich um einen Rauhaardackel, einen Welpen. Gebannt beobachtete Luise das Tier, bis es seine schwarzen Knopfaugen wieder öffnete. Vorwitzig streckte der Winzling sein Näschen in die Luft und schnupperte. Dann riss er das kleine Maul auf und gähnte ausgiebig, bevor er sich auf seine kurzen Beinchen stellte.

»Ja komm mal her!« Luise hob ihn vorsichtig hoch und setzte sich mit ihm in den Sessel. Wie angenehm warm er war.

In seinem Transportbehälter zwischen Polsterkissen und Korbgeflecht entdeckte Luise einen Brief. Das war die Handschrift ihrer Tochter auf dem Kuvert. »Für Mami« entzifferte sie. Sie streckte ihren Arm aus und fingerte solange herum, bis sie den Umschlag greifen konnte, ohne das Fellbündel auf ihrem Schoß zu stören.

Liebe Mami,
es tut uns so leid, dich an Weihnachten wieder
allein zu lassen. Wir hoffen, du verstehst das. In

122

dem Körbchen findest du unser Geschenk. Wir meinten, ein Haustier sei eine prima Idee. Dann bist du nicht mehr so einsam.

Den Hund haben wir kurz nach seiner Geburt für dich ausgewählt. Er heißt Einstein, aber du kannst ihn natürlich auch anders nennen.

Futter, Näpfe und eine Leine haben wir gleich mitliefern lassen. Somit bist du in der Lage, ihn bestens über die Feiertage zu versorgen.

Wir wünschen dir und Einstein ein schönes Fest und einen guten Start ins Neue Jahr.

Deine Kinder

Die machten es sich einfach, dachte Luise. Aber sie verspürte keine Verbitterung dabei. Die warme Nähe des Tieres ließ sie innerlich auftauen. Liebevoll glitten ihre Finger durch das weiche lockige Fell des Hundes.

Weihnachten verging wie im Flug. Einstein hielt sie auf Trab. Zunächst mussten sie ihren Tagesrhythmus finden. Futterzeiten, Gassi gehen, Spielen. Einige Male wischte Luise kleine Pfützen vom Boden auf. Doch Einstein wurde rasch stubenrein. Er machte seinem Namen Ehre, fand sie. Ein äußerst intelligenter Vertreter seiner Art. Mitunter war sie richtig stolz auf den kleinen Kerl. Ähnlich wie sie es damals auf ihre Kinder war, wenn die Einser in der Schule bekommen hatten.

Wie töricht, lachte sie in solchen Fällen über sich selbst und tippte sich mit dem Zeigefinger gegen die Stirn.

Luises Schwermut war verflogen. Der ganze Alltag kreiste um Einstein, der sich mühelos eingewöhnte. In null Komma nichts waren die beiden ein eingespieltes und unzertrennliches Team. Der Hund ein temperamentvolles Bündel, das ständig in Bewegung war. Er konnte mit seinen kurzen Beinen ungemein schnell rennen und sogar mit einem Satz auf Luises Schoß springen. Draußen liebte er es, Stöckchen zu apportieren, und lief sich mitunter die Seele aus dem Leib. Dann leinte Luise ihn wieder an, damit er sich nicht zu sehr verausgabte.

Nachts schlief er neben ihr im Bett, auf dem Kopfkissen. Dort wo früher ihr Gatte geruht hatte. Bei schlechtem Wetter bekam der Hund ein Mäntelchen angezogen, damit er nicht fror. Und wenn Einstein sich auf der Straße mit Artgenossen anlegte, dann scheute Luise sich nicht, ihn bis aufs Äußerste zu verteidigen. Gelegentlich war sie sogar mit dem ein oder anderen Hundehalter aneinandergeraten und hatte heftige Wortgefechte ausgetragen.

Ausgerechnet sie, die stets bescheidene, stets freundliche Frau.

Ihre Liebe äußerte sich auch in übermäßig vielen Leckerlis, die nicht nur aus Hundefutter bestanden. Einstein liebte Sahne, Kekse und Spaghetti Bolognese. Wenn das italienische Gericht auf Luises Speiseplan stand, zerkleinerte sie für ihn die Nudeln in hundeschnauzengerechte Stücke und gab eine üppige Portion Sauce darauf. Es bereitete ihr ungeheure Freude, wenn Einstein sich mit wedelndem Schwanz und einem zufriedenen Kläffen auf das Futter in seinem Napf stürzte. Er dankte es ihr mit all seiner Zuneigung.

Doch ihr Handeln hinterließ Spuren. Einstein wurde dicker und bewegte sich nicht mehr so gern.

Bei einem der seltenen Besuche ihrer Tochter sprach Sabrina sie darauf an. »Einstein ist zu dick, Mami. Ich glaube, du solltest ihn mal auf Diät setzen.«

»Ach, du kennst dich doch gar nicht aus mit Hunden. Es geht ihm sehr gut bei mir, das ist das Wichtigste«, winkte Luise ab. Insgeheim musste sie sich aber eingestehen, dass Sabrina Recht hatte. Auch der Tierarzt hatte ihr deswegen erst kürzlich ins Gewissen geredet. Luise wechselte

abrupt das Thema, bevor Sabrina noch etwas dazu sagen konnte.

Luise bemühte sich redlich, Einstein weniger zu
verwöhnen. Doch sie schaffte es nicht, seinem
zauberhaften Betteln zu widerstehen. Wenn er
jaulte und sie mit seinem Hundeblick fixierte,
wurde sie immer wieder schwach.

»Ach, dieses eine Mal noch. Das ist kein Welt-
untergang. Ab morgen bleibe ich wirklich standhaft«, besänftigte sie ihr Gewissen. In Wahrheit
wusste sie es besser.

So wurde der kleine Hund mit der Zeit immer
runder. Bald sähe er aus wie ein liegendes Fass.
Sein Bäuchlein hing fast bis auf den Boden. Mittlerweile trug Luise ihn die Treppe herauf und
hinunter, weil die Stufen zu beschwerlich für ihn
geworden waren.

Ihre Ratlosigkeit wuchs und sie wurde aufs
Neue traurig. Luise machte sich große Sorgen um
Einstein und wünschte sich, dass er wieder wie
früher wurde.

Seitdem er nicht mehr rennen wollte, suchten sie
nachmittags eine Bank im Park auf. Sie las die
Tageszeitung, während Einstein auf der Wiese
döste, statt sich auszutoben. Stets breitete Luise
eine Decke neben ihrem Sitzplatz für ihn aus,

damit der Hund sich auf dem kühlen Boden nicht erkältete.

Ein älterer Herr drehte täglich zur selben Zeit mit seinem Vierbeiner eine Runde durch die Grünanlage. Schon seit einer Weile beobachtete er das befremdliche Szenario. Der dicke Hund tat ihm leid. Eines Tages sprach der Mann Luise an. Es interessierte ihn, was mit der Frau und ihrem Tier los war. Womöglich litt das arme Geschöpf an einer Krankheit.

Die beiden Menschen waren sich sofort sympathisch. Und aus diesem ersten Gespräch wurden tägliche Verabredungen im Park. Joachim erfuhr, wie Luise zu Einstein gekommen war und welch' große Rolle das Tier in ihrem Leben spielte. Ihre Besorgnis war ihm nicht entgangen. Das schlechte Gewissen wegen Einsteins Übergewicht lastete schwer auf ihrer Seele.

Joachim bot seine Hilfe an. Als erfahrener Hundehalter stellte er ein Diät- und Bewegungsprogramm für Einstein zusammen. Außerdem fand er stets ermutigende Worte für Luise. Das gab ihr die Kraft, Einsteins Betteln endlich standzuhalten. Auch den kleinsten Diäterfolg würdigte Joachim mit großem Lob für das Hunde-Menschen-Gespann. Daheim bei Luise backten sie sogar gemeinsam kalorienarme Hundeleckerlis nach Joachims eigenem Rezept.

Einmal wöchentlich wurde der Rauhaardackel gewogen. Joachim trug das ermittelte Gewicht in ein Notizbuch ein, das er eigens zu diesem Zweck angelegt hatte. Als Einstein sich langsam dem Zielgewicht näherte, glänzte sein Fell wieder wie früher und er sprühte vor Lebensfreude. Es bereitete Vergnügen, dabei zuzuschauen, wie Einstein zusammen mit Joachims Hund um die Wette rannte.

Luise tat es Einstein nach. Sie hatte ebenfalls ein paar Kilos verloren und dem Friseur einen Besuch abgestattet. Mit der neuen Frisur sah sie um Jahre jünger aus. Vielleicht wurde dieser Effekt aber auch durch ihre Augen erzielt, denn die leuchteten wie bei einem verliebten Teenager.

Dass die Kinder sie so selten besuchten, machte Luise nicht mehr traurig. Sie hatte ja selbst in letzter Zeit eine Menge zu tun. Zu ihrem siebzigsten Geburtstag hatten Sven und Sabrina sich jedoch unverhofft angekündigt.

Luise bedauerte es, bereits verplant zu sein. Dennoch gefiel ihr der Gedanke, dass die beiden gemeinsam in ihrem Elternhaus Luises Ehrentag begingen. Auf diese Weise verlören sich die

Geschwister wenigstens nicht ganz aus den Augen bei all der vielen Arbeit. Also verschwieg sie den Kindern ihre Abwesenheit.

Luise bereitete einen Marmorkuchen vor, den Sabrina und Sven so gerne aßen. Sie stellte ihn auf den liebevoll gedeckten Tisch. Dazu legte sie auf jeden Teller ein bunt eingewickeltes Päckchen, welches ein gerahmtes Foto von Luises neuem »Ich« enthielt. Natürlich zusammen mit Einstein.

Luise deponierte den Wohnungsschlüssel im alten Versteck und informierte die Kinder darüber. »Damit ihr nicht vor der verschlossenen Tür steht, falls ich bei eurer Ankunft noch mit Einstein unterwegs bin«, erklärte sie ihnen am Telefon. In diesem Fall sollten sie schon einmal Kaffee kochen und es sich gemütlich machen.

Sabrina und Sven trafen gemeinsam bei Luise ein. Sie klingelten, aber niemand öffnete. Mami war tatsächlich noch nicht daheim.

Während Sven in der Küche Kaffee aufsetzte, entdeckte Sabrina den Umschlag, der an der Blumenvase auf dem Tisch lehnte.

»Sieh mal Sven, von Mami, für uns. Was hat das denn wohl zu bedeuten?« Sie hielt den Brief in der Hand und starrte ihn mit hochgezogenen Augenbrauen an.

»Na, öffne ihn schon. Dann wissen wir es«, forderte Sven sie auf. Daraufhin riss Sabrina das Kuvert auf, zog das Papier heraus und las:

Liebe Kinder,
ich freue mich so sehr, dass ihr meinen Geburtstag gemeinsam feiert. Einstein und ich können leider nicht dabei sein.
Wir befinden uns zurzeit *auf Hochzeitsreise.*
Das müsst ihr verstehen!
Liebste Grüße
Eure Mami

Rosen für Tante Frieda

Autsch! Felicitas Hufnagel hatte sich die Zunge verbrannt und die Hälfte des Becherinhaltes verschüttet. Der Kaffee war heiß. Laufen und gleichzeitig trinken konnte sie noch nie problemlos. Da bildete sie wohl die Ausnahme in der vielbeschworenen Riege der Multitasking-Frauen. Zum Glück trug sie schwarze Klamotten, so fielen die Flecken auf der Kleidung wenigstens nicht auf.

Es war schon zehn Minuten vor elf. Um elf Uhr ginge es los. Unmöglich, es noch rechtzeitig zu schaffen. Was soll's, überlegte sie, Tante Frieda war das jetzt zweifellos egal.

Sie stakste über das Kopfsteinpflaster, was die Highheels hergaben. Dann knickte ihr das Fußgelenk weg. Felicitas ruderte mit den Armen in der Luft und klatsch, da lag sie schon bäuchlings auf der Straße.

»Wenigstens nicht in die Regenpfütze!«, witzelte ein Passant und zückte sein Handy, um möglichst viele User im World Wide Web an dem komischen Anblick teilhaben zu lassen.

Felicitas rappelte sich wieder auf. Ihr fehlte nichts. Nur das kleine Sträußchen in ihrer Hand sah erbärmlich aus. Die plattgedrückten Blüten ließen traurig die Köpfe hängen. Kein Wunder, war sie doch mit ihrem ganzen Gewicht auf den zarten Margeriten gelandet.

Andrerseits entsprach der Zustand der Blumen jetzt dem Anlass besser.

Mit einem Blutdruck von mindestens zweihundertundzwanzig stolperte Felicitas auf den halsbrecherischen Schuhen durch das schmiedeeiserne Friedhofstor und eilte in Richtung Trauerhalle. Der vom Sturz lädierte Absatz wackelte bei jedem Schritt bedenklich. Sie klemmte sich eine Haarsträhne der sich mittlerweile auflösenden Frisur hinter das Ohr und atmete einmal tief durch, bevor sie weiterhastete.

Die Zeremonie hatte bereits begonnen. Aus der Trauerhalle erklang das Spiel einer Violine. Ave Maria? Das passte nicht so recht zu ihrer Tante Frieda. Oder?

Vielleicht hatte sich das inzwischen geändert. Immerhin war es lange her, dass sie die Gute zuletzt gesehen hatte. Bedauerlicherweise traf sich die Familie nur noch zu Beerdigungen. Felicitas rechnete nach. Die Letzte war einige Jahre her.

Richtig. Damals war es Onkel Jupp, der den Abgang gemacht hatte.

Dabei gab es einige Kandidaten in der Verwandtschaft, die das Mindesthaltbarkeitsdatum längst überschritten hatten. Da sah man mal wieder, über wie viel Sitzfleisch ihre Sippschaft verfügte. Genauso verhielt es sich nämlich auch, wenn man sie zu sich nach Hause eingeladen hatte.

Im Vorbeieilen las Felicitas das Schild vor der Trauerhalle. Fried ..., weiter kam sie nicht, weil ihr die Tasche von der Schulter gerutscht war. Der gesamte Inhalt ergoss sich über den Boden. Lippenstifte, leere Bonbonpapiere, der vermisste Salzstreuer und all das andere Zeug. Schnell raffte sie alles wieder zusammen und warf es zurück in den Lederbeutel.

In der Hektik verhedderte sie sich an dem langen Riemen der Tasche und strangulierte sich fast damit. Kein schlechtes Timing, ging es ihr durch den Kopf. Sicher war in Friedas Kiste noch ein Plätzchen für sie frei. Aktuell war doch sowieso die ganze Mischpoke beisammen. Da wäre es ein Abwasch, überlegte Felicitas, die immer schon eine Meisterin in Sachen Effizienz war. Bevor es aber soweit kam, gelang es ihr, sich aus der misslichen Lage zu befreien.

Am Ziel angekommen, zog sie vorsichtig die schwere Holzpforte auf. Jetzt nur keinen Lärm verursachen, dachte sie. Die Schuhe hatte sie abgestreift, um sich lautlos bewegen zu können. Mit ein wenig Glück würde niemand ihre winzige Unpünktlichkeit bemerken. Und wirklich, keiner achtete auf sie, als sie sich auf Zehenspitzen hineinschlich.

Gerade stellte Felicitas erleichtert fest, dass sie unbemerkt geblieben war, da krachte hinter ihr die Tür ins Schloss. Einige Sekunden lang bebte vor Wucht die ganze Halle und selbst diejenigen, die die Zeit für ein Nickerchen genutzt hatten, schreckten hoch. Alle Anwesenden samt Pfarrer starrten sie an.

Während sich in Felicitas Gesicht die Farbe Rot gleichmäßig unter dem Make-up verteilte, nickte sie kurz in die Runde und setzte sich auf den nächstgelegenen freien Platz.

Kaum saß sie, sprach die Trauergemeinde auch schon ein letztes Gebet für die Entschlafene. Dann folgten die Gäste dem Sarg hinaus und geleiteten ihn zur Grabstätte. Nur Felicitas verweilte einen Moment, um Tante Frieda noch einmal in aller Stille zu gedenken. Hatte sie das eben richtig gesehen? Die Holzkiste, in der Tantchen von nun an ihr Dasein fristete, war mit einem Meer von Rosen bedeckt. Wirklich unpassend, fand Felicitas. Jeder wusste, dass die Verstorbene Rosen hasste. Was sie liebte, waren Margeriten.

Genau! Ihr Blick fiel auf den beklagenswerten Strauß in ihrer Hand, der sie daran erinnerte, warum sie überhaupt hier saß. Also, nichts wie los.

Als sie hinaus in die Herbstsonne trat, war der Trauerzug bereits außer Sichtweite.

»Mist«, schimpfte Felicitas. Wie sollte sie jetzt die Grabstelle finden? Eine Weile irrte sie auf dem Friedhofsareal herum, ohne an ihr Ziel zu gelangen. Der Open-Air-Teil des Events musste wohl ohne sie stattfinden. Dabei hätte sie der Tante gerne im Kreise der Verwandtschaft ein paar Tränen am offenen Grab hinterhergeweint. Frieda hatte derartige Szenen immer äußerst gern gemocht. Unverrichteter Dinge machte Felicitas sich auf zur Gaststätte Torfgruber. Den Weg dorthin kannte sie zum Glück von früheren Veranstaltungen dieser Art. Deswegen standen ihre Chancen diesmal gar nicht so schlecht, ohne Verspätung einzutreffen. Aber als sie das Lokal betrat, waren alle Plätze schon belegt und die Gäste in bester Feierlaune. Just erhoben sie die Gläser auf das Wohl der Verblichenen. Der Kellner quetschte einen Stuhl und ein weiteres Gedeck für sie zwischen zwei ältere Herren.

Bevor Felicitas mit jemanden auch nur ein Wort wechseln konnte, wurden schon die Essensplatten aufgetragen. Ausgerechnet Schweinebraten. Unglaublich! Tante Frieda würde sich im Grabe umdrehen.

Geräuschvoll schob sie ihren Stuhl nach hinten, stand auf und ließ ihrer Empörung freien Lauf: »Das ist nicht euer Ernst. Erst Rosen, so weit das Auge reicht. Nicht eine Margerite! Und dann auch noch Schweinebraten zum Leichenschmaus. Skandalös! Tante Frieda war ihr Leben lang Vegetarierin.«

Wütend schnappte sie ihre Jacke von der Stuhllehne und steuerte den Ausgang an.

Durch die Reihen ging ein verständnisloses Raunen und jemand rief Felicitas hinterher: »Wer zum Teufel ist Tante Frieda?«

Dunkle Stunden

Steffen wusste es, noch bevor er vollends erwacht war. Irgendetwas stimmte nicht. Heftige Kopfschmerzen malträtierten ihn. Dumpf pochte es pausenlos unter seiner Schädeldecke.

Konnte Alkohol im Spiel gewesen sein? Ganz gewiss nicht! Prozenthaltige Getränke lehnte er kategorisch ab. Kaum war ihm dieser Gedanke durch den Kopf gegangen, kamen Zweifel auf und er fragte sich, ob er das wirklich tat?

Tatsächlich hatte er keine Ahnung. Da war nur diese gähnende Leere. Sein Name, Alter und Wohnort? Fehlanzeige! Angehörige? Beruf? Alles war weg, der Speicher gelöscht. Das traf ihn wie ein heftiger Schlag in die Magengrube. Fieberhaft grübelte er. Etwa so, wie Frauen in ihren übergroßen Handtaschen nach einem klitzekleinen Utensil suchten, kramte er immer hektischer in den Tiefen seines Gehirns nach Erinnerungen. Aber die Dinge blieben im Dunkeln verborgen.

Steffens Übelkeit verstärkte sich noch. Er hatte das Gefühl, tausende brennende Pfeile bohrten sich in seinen Bauch.

Was war los mit ihm und wo befand er sich überhaupt?

Ein Rascheln unterbrach seinen Gedankenstrom und es schien ihm, als höre er jemanden in seiner Nähe atmen.

Unter Aufwand all seiner Kraft begann er zu schreien: »Hallo, ist da wer?«, aber nichts Verständliches drang aus seiner Kehle nach außen. Alles, was er zustande brachte, war ein kaum vernehmbares Röcheln.

Eingehüllt in Finsternis hatte Steffen vollständig die Orientierung verloren. Er vermochte nicht einmal zu sagen, ob er die Augen geöffnet oder geschlossen hielt. Da war nur diese bedrohliche Schwärze um ihn herum.

War er am Ende einem Verbrechen zum Opfer gefallen? Das war sein letzter Gedanke, bevor er erneut in Morpheus Arme glitt.

Erst nachdem sich sein Bewusstsein abermals durch die dichte Nebelwand seines komatösen Schlafes an die Oberfläche gekämpft hatte, nahm er dieses regelmäßig tönende und überaus lästige Piepgeräusch wahr. Er rätselte, um was es sich handeln konnte.

Plötzlich sprach jemand in seine Gedankenwelt hinein: »Achtung! Er kommt zu sich, seine

Vitalwerte haben sich erheblich verbessert. Puh. Was für ein Glück – für uns alle!«

Als hätte man einen Computer resettet, kehrten daraufhin Steffens gesamte Erinnerungen zurück. Nun konnte er nur noch darauf hoffen, wieder vollständig zu genesen. Sollte er noch einmal glimpflich davon kommen, so schwor er sich, nähme er niemals wieder als Proband an einer klinischen Medikamentenstudie teil.

Plädoyer für Sebastian Sommer

»Hohes Gericht, Herr Staatsanwalt! Fassen wir also zum Abschluss die letzten Verhandlungstage noch einmal zusammen. Zuvor bitte ich Sie aber, dieses Foto zu betrachten. Nehmen Sie sich Zeit dafür.«

Rechtsanwalt Schmidtbauer deutete auf das großformatige Bild auf dem Whiteboard.

»Sie sehen eine glückliche Kleinfamilie. Vater, Mutter, Kind. Man spürt die Liebe, die diese drei Menschen miteinander verbindet.«

Der Verteidiger sah konzentriert auf die vorbereiteten Notizen in seiner Hand. Mit der anderen rollte er einen Kugelschreiber zwischen Daumen und Zeigefinger hin und her. Dieser außergewöhnliche Fall war für ihn alles andere als Routine, obwohl er seit fast zwanzig Jahren im Gerichtssaal stand. Das Schicksal seines Mandanten berührte ihn persönlich, so dass es ihm schwerfiel, die notwendige professionelle Distanz zu wahren. Unvermittelt warf er das Manuskript auf den Tisch neben seinem Klienten und den Kugelschreiber hinterher. Die Hände legte er übereinander in Bauchhöhe auf seine Anwaltsrobe, räusperte sich und fuhr fort mit dem Schlussvortrag. Die Anwesenden folgten seinen Ausführungen aufmerksam. Aus dem Publikum drang nicht ein einziger Laut.

»Jenes Foto enthält ein Versprechen. Das Versprechen auf eine gute Zukunft. Das Bild ist gerade mal anderthalb Jahre alt. Davon übriggeblieben ist ein einziger Scherbenhaufen. Das kleine Mädchen und seine Mutter sind tot. Sie wurden Opfer der Habgier eines anderen Menschen. Der Angeklagte, Sebastian Sommer, hat alles verloren.«

Schmidtbauer ließ seinen Blick einige Sekunden lang auf seinem Klienten ruhen. Bis jetzt hatte er leise gesprochen. Nun steigerte er die Lautstärke seiner akzentuierten Stimme: »Um nachvollziehen zu können, wie es zu der Tat meines Mandanten an dem Apotheker im Januar 2019 kam, sollten wir seine Vorgeschichte betrachten.

Annika war die Liebe seines Lebens. Herr Sommer konnte sein Glück kaum fassen, als sie ihm ihr Ja-Wort gab.

Die beiden auch beruflich erfolgreichen Menschen schienen auf der Sonnenseite des Lebens zu stehen. Doch die Erfüllung ihres innigsten Wunsches blieb ihnen verwehrt – ein Kind.

Sie ließen nichts unversucht, ertrugen tapfer die physischen und emotionalen Strapazen der Behandlung in einer Kinderwunschklinik. Mehrere Versuche einer künstlichen Befruchtung blieben erfolglos. Das Paar verabschiedete sich schmerzlich von der Vorstellung, Eltern zu werden.

Und dann, absolut unerwartet, meldete sich wie ein Paukenschlag Töchterchen Emma an. Diese unverhoffte Schwangerschaft empfand Ehepaar Sommer als wundervolles Geschenk des Himmels. Beide hatten mittlerweile die vierzig überschritten.

Emma kam als Frühchen zur Welt, ganze neun Wochen vor dem regulären Zeitpunkt.

Ein Schock für die Eltern. Ihr Baby hatte ein Geburtsgewicht von nur 1.460 Gramm. Der Säugling musste intensivmedizinisch betreut werden. Den frischgebackenen Eltern brach beim Anblick ihrer von Apparaten abhängigen Tochter fast das Herz. Anfangs war es fraglich, ob Emma überhaupt überlebte. Aber das Neugeborene entwickelte sich gut. Sie war eine Kämpferin.

Endlich durfte die Kleine nach Hause. Dank der aufopferungsvollen Fürsorge ihrer Eltern holte sie schnell auf. Im Alter von zwei Jahren war sie auf demselben Entwicklungsstand wie Gleichaltrige.

Als Emma drei Jahre alt war, meldeten Sommers sie in einer Kita an, damit sie nicht zu isoliert von anderen Kindern aufwuchs. Dort fiel sie durch ihr musisches Talent auf.

Eine Musikakademie bot entsprechende Förderung. Hier begann Emma, Geige zu spielen. Sie war außergewöhnlich begabt. Ein kleines blond gelocktes Mädchen berührte mit ihrem Instrument die Herzen der Menschen.

Inzwischen besuchte sie auch die Schule und lernte begeistert Lesen und Schreiben.

Die Kleine war gerade erst sieben Jahre alt, da wurde die niederschmetternde Diagnose gestellt. Emma hatte Leukämie. Erneut mussten Annika und Sebastian um das Leben ihres Kindes zittern. Nach dem ersten Schock vertrauten sie der positiven Prognose der Ärzte.

Aber trotz der guten Heilungschancen ging es Emma immer schlechter. Tapfer ertrug das Kind sein Leiden. Die Ärzte taten alles in ihrer Macht stehende. Ohne Erfolg! Emma hatte den Kampf verloren. Sie starb im Oktober 2018.

Aufgrund weiterer unerwarteter Todesfälle von Krebspatienten war der Apotheker Magnus Keller ins Visier von Ermittlern geraten und wurde der Zubereitung wirkungsloser Krebsmedikamente überführt.

Annika und Sebastian trugen sich gegenseitig durch diese dunkle Zeit. Die Trauer legte sich wie eine schwarze Decke über ihre Seelen, machte sie unfähig, wieder in den Alltag zurückzufinden. Am 23.12.2018 fand Sebastian schließlich seine Annika mit aufgeschnittenen Pulsadern in der Badewanne. Jede Hilfe kam zu spät.«

An dieser Stelle unterbrach der Anwalt sein Plädoyer. Er spürte, dass das leidvolle Schicksal seines Mandanten nicht nur ihn selbst, sondern auch die Zuhörer zutiefst bewegte. Er schluckte kräftig gegen den Kloß in seinem Hals an, bevor er fortfuhr:

»An dieser Stelle, Hohes Gericht, möchte ich nochmals die Passage aus Annikas Abschiedsbrief zitieren:

... Basti, bitte vergib dem Apotheker!

Ich bin mir sicher, dass er zutiefst bereut. Rede mit ihm, schaue ihm in die Augen. Das wird dir helfen, deinen Frieden zu finden ...

Der Zufall führte meinen Mandanten und den Apotheker kurz nach Annikas Suizid auf dem Friedhofsparkplatz zusammen. Herr Sommer hätte ihn unter Tausenden erkannt.

Der letzte Wunsch seiner Frau veranlasste ihn dazu, den Mann anzusprechen. Nur ein einziges Wort habe er über die Lippen bringen können. *WARUM?*

Magnus Keller soll ihm daraufhin so nahegekommen sein, dass mein Mandant den Atem seines Gegenübers in seinem Gesicht spüren konnte. Ein hämisches Lächeln habe dem Giftmischer auf den Lippen gelegen und seine kalten Augen hätten sich in die von Sebastian hinein gebohrt.

Daraufhin habe Sommer ihm ein weiteres *WARUM* entgegengeschleudert. Im Aufruhr der Gefühle packte mein Mandant den Mann am Kragen und wartete auf eine Antwort.

Der Apotheker soll erwidert haben, es sei so lächerlich einfach gewesen, die Arzneimittel zu strecken. Das Zusatzeinkommen durch die Ersparnis des teuren Wirkstoffs habe ihm ein angenehmes Leben ermöglicht. Niemand würde ihm nachweisen können, dass auch nur einer der

Patienten tatsächlich durch seine gepanschten Medikamente gestorben sei. Krebsverseucht, wie die alle waren, hätten sie ohnehin nicht mehr lange gemacht.

Sebastian Sommer stieß daraufhin angewidert den Apotheker von sich. Dieser strauchelte und fiel so unglücklich auf einen Stein, dass er kurz darauf im Krankenhaus seinem Schädelbruch erlag.

Hierzu haben wir die Augenzeugin gehört. Ihre Aussage stimmte mit der Schilderung des Angeklagten weitgehend überein. Das Wortgefecht konnte sie nicht bestätigen, da sie sich außer Hörweite befand.

Es ist kaum nachvollziehbar, warum Magnus Keller bis zu seinem Prozess auf freiem Fuß geblieben war. Er hätte zum Tatzeitpunkt in Untersuchungshaft sitzen sollen.

Hohes Gericht. Herr Staatsanwalt. Mein Mandant, der hier als Angeklagter sitzt, ist das eigentliche Opfer. Er hat zutiefst menschlich gehandelt, indem er den reuelosen Apotheker voller Ekel von sich gestoßen hat. Man könnte sagen, die beiden Männer befanden sich in einer unheilvollen Schicksalsgemeinschaft, die mit dem Apotheker ein weiteres Opfer gefordert hatte.

Es stimmt! Der Angeklagte hatte ein Motiv für die Tat an Magnus Keller. Dennoch handelte es sich um einen tragischen Unfall.

Wer könnte sich nicht in die Gefühlslage von Herrn Sommer an jenem Tag im Januar hineinversetzen? Die menschliche Kälte des Opfers ließ meinen Mandanten in tiefster Verzweiflung und Hilflosigkeit agieren, ohne die Folgen absehen zu können.«

Noch einmal warf Rechtsanwalt Schmidtbauer einen langen Blick auf das Familienfoto der Sommers, das nach wie vor am Whiteboard hing.

Er nickte seinem entkräfteten Mandanten ermutigend zu. Dann suchte er nacheinander Blickkontakt zum Richter sowie zum Staatsanwalt. Seine Stimme wurde noch eine Spur lauter: »Daher beantrage ich Freispruch für Sebastian Sommer.«

Frühstück in Hannover

Lotte träumte. Sie sah auf das Meer hinaus, das heute so herrlich bewegt war. Der Wind streichelte die leicht gebräunte Haut und fuhr sanft durch ihr weizenblondes Haar. Das Geschrei der Möwen ließ sie an Ludwig denken, der so gerne hier gesessen und den kreischenden, immer hungrigen Vögeln stundenlang zugesehen hatte. Sie vermisste ihn.

Seit Ludwigs Tod war Lotte zum ersten Mal wieder hier. Früher hatten sie die Ferien regelmäßig an diesem Ort verbracht. Glücklich, wenn sie den Alltag hinter sich ließen und lange Wanderungen am Strand unternahmen. Jetzt war sie schon seit acht Jahren Witwe. An diesen Umstand gewöhnte sie sich wohl niemals wirklich.

Was für ein Genuss! Martha liebte die mediterrane Küche. Oliven, Tomaten und ein wenig Weißbrot genügten ihr. Hier am Wasser unter der südlichen Sonne brauchte sie nicht mehr, um kulinarische Feste zu feiern. Zufrieden gönnte sie sich ein Glas Wein dazu. Die Abende auf der Insel hatten einen ganz besonderen Zauber.

Am Himmel schoss eine Sternschnuppe vorbei und bescherte Martha einen Wunsch. Ach, dachte sie, wenn ich nur jemanden hätte, mit dem ich solche besonderen Momente teilen könnte.

Mit ihrem Single-Dasein hatte sie sich arrangiert. Dennoch fehlte ihr manchmal ein vertrauter Mensch an der Seite. Auch sie war Witwe und kinderlos. Nach kurzer Ehe war ihr Mann unerwartet verstorben. Damals war sie erst fünfunddreißig Jahre alt.

Als Sozialarbeiterin kümmerte sie sich um andere, selten um sich selbst. So blieb für eine neue Beziehung weder Zeit noch Kraft. Nun befand sie sich schon seit einigen Jahren im Ruhestand und machte das Beste aus dem Alleinsein.

Ein neuer Morgen. Ferien im Paradies. Lotte sprang erholt aus dem Bett. Sie hatte wunderbar geschlafen. Jetzt freute sie sich auf das Frühstück. Bereits auf dem Flur der kleinen Pension wurde sie von aromatischem Kaffeeduft empfangen. Genau wie damals, zusammen mit Ludwig. Es war die richtige Entscheidung gewesen, noch einmal herzukommen, überlegte sie und gab sich während der morgendlichen Mahlzeit wehmütig den Erinnerungen an die gemeinsamen Urlaube mit ihrem Ehemann hin.

Martha schlenderte durch die Gassen des kleinen Ortes. Im grauen Haar trug sie ein buntes Band, das ihre Lebensfreude und Vitalität unterstrich. Vor dem Schaufenster einer Boutique blieb sie stehen und betrachtete die Auslagen. Um ins Innere des Ladens zu schauen, beschattete sie ihre Augen mit der Hand.

Die Frau vor dem Spiegel wirkte unschlüssig. Dabei stand ihr das apricotfarbene Kleid ausgezeichnet. Als sich ihre Blicke trafen, nickte Martha bestätigend und hielt zur Ermutigung ihren rechten Daumen nach oben.

Die Dame winkte ihr zu und formte mit den Lippen ein Dankeschön.

Lotte hatte das Kleid gleich angelassen. Die kühle Seide verstärkte noch das Gefühl von Sommer und Süden. Wie lange hatte sie nicht mehr solche Leichtigkeit verspürt? In der Luft lag ein Gemisch aus Zitrusfrüchten und auf der Haut das Salz des Meeres. Vom nahegelegenen Fischerhafen wehte eine milde Brise herüber, deren Duft einen frischen Fang erahnen ließ.

Auch Martha genoss ihren Spaziergang und machte an einem Marktstand halt. Hier kaufte sie ein Stück Wassermelone. Die süße Frucht ließ sie sich auf einer Bank unter Palmen schmecken. Anschließend freute sie sich auf ein Bad im Meer. Von den Wellen ließ Martha sich sanft auf und ab tragen. Dann schwamm sie so weit hinaus, dass sie kaum noch Details am Strand erkennen konnte und wieder zurück. Als sie das Wasser verließ, fühlte sie sich erfrischt und um Jahre jünger.

Zu diesem Zeitpunkt war Lotte schon in die Pension zurückgekehrt. Sie hatte Glück. Im Garten war noch ein Tisch frei. Dort ließ sie sich nieder, trank einen Milchkaffee und schlug ihr Buch auf. Sechshundert Seiten Hochspannung.

Die fröhliche Geräuschkulisse vom Pool verblasste, gleich nachdem Lotte in die Geschehnisse des Romans abgetaucht war. Erst als ein Schatten auf die Seiten fiel, blickte sie auf.

»Darf ich mich zu Ihnen setzen?«
Lotte erkannte sie sofort. Es war die Frau, die sie vormittags vor dem Schaufenster der Boutique zum Kauf des neuen Kleides ermuntert hatte.

»Es steht Ihnen wirklich gut«, lächelte diese freundlich.

Lotte klappte das Buch zu. Martha warf einen Blick auf den Titel, grinste und kramte aus ihrer Strandtasche den gleichen dicken Wälzer hervor. Wortlos hielt sie ihn Lotte unter die Nase und beide begannen herzlich zu lachen.

Die Frauen stellten einander vor, gingen bald zum Du über und hatten sich eine Menge zu erzählen. Der Nachmittag verging wie im Flug. Lotte und Martha hatten beide das Empfinden, sich schon ewig zu kennen. Den restlichen Urlaub verbrachten sie gemeinsam und fühlten sich rasch wie beste Freundinnen.

Bereits morgens am Frühstückstisch auf der Terrasse ihrer Unterkunft saßen sie beieinander und ließen sich die frischen Brötchen zum Kaffee schmecken. Dazu erzählten sie sich Geschichten aus ihren Leben, lachten viel und schmiedeten Pläne für den Tag.

In ihrem Alter kam man sich für gewöhnlich nicht mehr so schnell näher. Aber sie betrachteten ihr Zusammentreffen als einen glücklichen Wink des Schicksals und freuten sich darüber, einander gefunden zu haben.

Sie glaubten, es konnte kein Zufall sein, dass sie aus derselben Stadt kamen. Aus Hannover.

Der Tag der Abreise kam erheblich zu schnell. Aber immerhin traten sie den Rückflug noch gemeinsam an. Daheim wollten sie sich baldmöglichst wiedersehen. Sowohl Lotte als auch Martha besaßen ein Auto. So stellte es kein Problem dar, sich gegenseitig zu besuchen oder gemeinsame Ausflüge zu unternehmen.

Am Zielflughafen warteten sie noch gemeinsam auf das Gepäck. Dann hieß es Abschied nehmen.

»Ach Martha, warum haben wir uns nicht schon viel früher kennengelernt? Ich werde dich vermissen, wenn ich Zuhause wieder allein am Frühstückstisch sitze.« Lotte wischte sich eine Träne aus den Augen.

Martha umarmte die Freundin: »Du wirst mir auch fehlen, Lotte! Aber wir werden die Telefonleitungen zum Glühen bringen. Abgesehen davon treffen wir uns so bald wie möglich wieder.«

Dann trennten sich ihre Wege.

Am Taxistand stieg jede von ihnen in einen Wagen. Zuerst startete Lottes Auto.

Kurz darauf war auch Martha unterwegs. Als das Fahrzeug die angegebene Adresse erreichte, fuhr gerade ein anderes Taxi fort.

»Ach, ein Kollege«, sagte der Chauffeur und sprach etwas in sein Funkgerät.

Martha wartete neben dem Auto, während der Fahrer ihr Gepäck aus dem Kofferraum hievte. In diesem Moment nahm sie schemenhaft wahr, wie jemand im Haus auf der gegenüberliegenden Straßenseite verschwand. Sie meinte, einen blonden Schopf und einen Hauch von Apricot erkannt zu haben.

Der Koffer, den die Person hinter sich herzog, war mit einem auffallend großen Sticker in Form einer Sonne beklebt. Genau wie der von Lotte.

Martha stand mit geöffnetem Mund auf dem Bürgersteig und starrte auf das Gebäude.

Offenbar waren sie und Lotte bereits seit acht Jahren Nachbarinnen. Soviel Martha wusste, war ihre Freundin kurz nach Ludwigs Tod umgezogen und sie selbst wohnte ohnehin schon ewig dort.

Vor lauter Begeisterung darüber, aus derselben Stadt zu kommen, hatten sie alles andere vergessen. Straßennamen waren dann gar nicht mehr gefallen, erinnerte sich Martha. Tatsächlich hatten sie lediglich die Telefonnummern ausgetauscht.

Kurz entschlossen ließ Martha ihr Gepäck am Straßenrand stehen und steuerte das Haus vis-à-vis an.

Lotte würde Augen machen. Da waren sie mehr als tausend Kilometer gereist, um sich auf einer kleinen Insel im Mittelmeer zu begegnen. Das Leben ging manchmal seltsame (Um)Wege. Sicher waren sie schon unzählige Male vor der eigenen Haustür aneinander vorbei gelaufen. Martha dachte an die Sternschnuppe an jenem Abend zu Beginn ihres Urlaubs zurück, während sie die Klingel betätigte.

Die Wohnungstür öffnete sich und ihre Freundin Lotte starrte sie entgeistert an.

»Hallo Lotte«, sagte Martha und grinste. »Frühstück allein war gestern.«

Weihnachtsmann Ahoi

Bereits Ende September trudelten die ersten Zuschriften ein. Langsam begann die Hochsaison. Konzentriert arbeitete sich der Weihnachtsmann durch die E-Mails. Später würde er sich den analogen Einsendungen widmen. Das zog er der elektronischen Korrespondenz vor, da war er altmodisch.

Am liebsten waren ihm die Zuschriften der Kinder. Die erstellten ihre Wunschzettel meistens noch per Hand, in extra ordentlicher Schönschrift und hübsch verziert. Genauso wie schon viele Generationen vor ihnen es getan hatten.

Während er fleißig arbeitete, wurden tausende Kilometer entfernt auf einem konspirativen Geschäftstreffen ungeheuerliche Pläne entwickelt.

»Mit einer guten Marketingstrategie wird es das beste Geschäft der gesamten Firmenhistorie werden«, beendete einer der Referenten seinen Vortrag.

»Bravo, Bravo«, applaudierten die tadellos gekleideten Herren und eine Quotendame im eleganten Kostüm.

Die Geschäftsleute waren begeistert von dieser Idee. Das Vorhaben versprach Rekordgewinne. Ein weiterer Mann erhob sich, knöpfte seine Anzugjacke zu und stellte sich an das Rednerpult. Mit leuchtenden Augen kommentierte er seine Präsentation, die die zu erwartenden Umsatzzahlen veranschaulichte.

»Wie sollen wir denn an ihn rankommen? Das Areal ist mindestens so gut gesichert wie Ford Knox«, rief jemand dazwischen.

Mit dieser Frage zog der Bedenkenträger allgemeine Missbilligung auf sich. Der Konzernchef ergriff das Wort und kritisierte den Skeptiker. »Sie sehen Probleme, wo keine sind. Die weltweit besten IT-Spezialisten stehen auf unserer Gehaltsliste. Für die ist es wohl kaum eine große Sache, das Sicherheitssystem eines alten Mannes zu knacken.« Mit diesen Worten hatte er jeglichen Zweifel im Keim erstickt.

Am Nordpol hingegen lehnte sich der Weihnachtsmann in seinem Bürostuhl zurück und freute sich auf die Mittagspause. Er hatte einen Snack mitgebracht und brühte sich Kaffee dazu auf. Während er das Essen auf einem Teller mit Rentiermotiv anrichtete, dachte er über die Weihnachtswünsche nach, die ihn jedes Jahr erreichten.

Es ging selten um kostspielige Luxusgeschenke. Das machte ihn glücklich. Die meisten Menschen wünschten sich Gesundheit und träumten von Liebe, Wärme und Frieden auf Erden. Einen hübschen Tannenbaum sollte es geben und ein köstliches Festmahl.

Die Welt war nicht so schlecht geworden, wie man es allenthalben zu hören bekam. Zufrieden öffnete er seine Playlist mit den Weihnachtsliedern auf dem Smartphone und ließ sich seine Mahlzeit schmecken.

Es war schon später Abend, als der Vorstandsvorsitzende des Großkonzerns das Meeting beendete. Für die feindliche Übernahme von Weihnachten hatten sie einen wasserdichten Plan erarbeitet. Das Ergebnis war in einem zweihundertzweiunddreißig Seiten starken Arbeitspapier fixiert. An jedes Detail hatten sie gedacht. Zuerst musste der alte bärtige Mann weg!

Nur eine Woche später legte der sich am Abend eines arbeitsreichen Tages ahnungslos in sein Bett und schlief rasch ein. Von den Eindringlingen, die rund um sein Haus hin und her schlichen, hatte er überhaupt nichts bemerkt. Nur die Rentiere wurden nervös, doch da schlummerte der Weihnachtsmann bereits und träumte von einem wundervollen Christfest.

Er schreckte erst hoch, als ihn jemand unsanft am Kragen seines Pyjamas packte, um ihm ein zerknülltes Stück Stoff in den Mund zu schieben. Angst hatte der Weihnachtsmann nicht. Stattdessen flammte Zorn in ihm auf.

»Ich verfüge über exzellente Kontakte nach oben«, versuchte er, sich durch den Knebel Gehör zu verschaffen. Um seinen Worten Nachdruck zu verleihen, wollte er einen Arm gen Himmel strecken. Aber da waren seine Handgelenke schon längst gefesselt.

Einer der Entführer sprach etwas in sein Headset und kurz darauf vibrierte die Luft unter den tosenden Rotorblättern eines Helikopters. Ehe er sich versah, wurde der Weihnachtsmann in einem seiner eigenen Jutesäcke verschnürt wie ein Rollmops und in die Flugmaschine gehievt. Gegen das aufkeimende Schwindelgefühl konnte er sich nicht wehren. Die Sinne dämmerten ihm weg.

Entsetzliche Hitze ließ ihn wieder zu sich kommen. Schweißgebadet rieb er sich die Augen.

Nein, er träumte nicht. Er lag in einem geräumigen Bett unter einem Baldachin aus Palmblättern. Eine doppelflüglige Holztür stand weit geöffnet und gab den Blick auf eine Terrasse frei. Von dort aus sah man über feinen weißen Sand auf das türkisfarbene Meer. Mühsam erhob sich der Weihnachtsmann. Ihm schmerzte der Kopf sowie jeder einzelne Knochen in seinem fülligen Körper. Selbst die Finger taten weh, als er sich die Stirn rieb. Was ging da nur vor sich?

Zur selben Zeit waren Zuhause am Nordpol Rudolf, bekannt durch die rote Nase, sowie seine Rentierkollegen in heller Aufregung. Der Chef war entführt worden! Die Gangster hatten die gesamte Sicherheitsanlage manipuliert. Niemand beim Securityservice würde auch nur den leisesten Verdacht schöpfen, dass bei ihnen etwas nicht stimmte. Die Rentiere konnten sich keinen Reim auf all das machen. Wer kidnappte denn den Weihnachtsmann? Sie mussten die Polizei informieren, hatten allerdings keine Ahnung, wie sie das anstellen sollten. Niemand außer der Boss verstand ihre Sprache. Oh je, hoffentlich lebte der überhaupt noch.

»Guten Morgen«, ertönte die herrische Stimme eines Mannes, der nach kurzem Anklopfen das Zimmer betreten hatte. »Was wollen Sie zum Frühstück, Weihnachtsmann?«

»Wer sind Sie eigentlich und wo bin ich hier überhaupt?«, schleuderte der dem Gauner seine eigenen Fragen statt einer Antwort entgegen.

»Auf einer einsamen Insel mitten auf dem Äquator. Und bevor Sie darüber nachdenken, Sie haben keine Chance, von diesem Ort zu entkommen. Es wird Sie hier auch niemand suchen. Also sparen Sie sich die Fluchtgedanken und genießen Sie Ihren Ruhestand.«

»Wie bitte?« Der Weihnachtsmann sah ihn mit zusammengekniffenen Augen an. »Wieso Ruhestand? Äquator? Ohne mich! Natürlich wird man mich finden, ich werde gebraucht.«

»Gut, dann bringe ich Ihnen Kaffee, Rührei und zwei Croissants«, entschied der Kidnapper selbst und verließ den Raum wieder. Etwas später brachte er die Mahlzeit herein. Zudem trug er ein paar Kleidungsstücke unter dem Arm, die er auf das Bett warf. Es handelte sich um gelbe Schwimm-Shorts, bedruckt mit pinkfarbenen Palmen, ein neongrünes Muskelshirt sowie grüne Badelatschen. Obenauf lag eine Sonnenbrille.

Der unangenehme Zeitgenosse warf einen Blick auf seine Armbanduhr und sprach im Befehlston: »Ziehen Sie das an! Sie haben genau eine Stunde Zeit bis zum Fotoshooting.« Dann war er auch schon wieder verschwunden.

Es vergingen exakt sechzig Minuten, bis der Typ wieder auftauchte.

Er schob den zwischenzeitlich umgekleideten Weihnachtsmann, der sich in dem schrillen Outfit albern vorkam, auf die Terrasse. Diese war bereits mit professionellen Gerätschaften zum Fotografieren ausgestattet.

Der Kerl wies den Mann vom Nordpol an, sich in den Liegestuhl zu legen und ein fröhliches Gesicht in die Kamera zu halten. Dazu drückte er ihm einen exotischen Cocktail in die Hand, dekoriert mit bunten Trinkhalmen und einer Menge sonstigem Firlefanz.

»Sonnenbrille aufsetzen!«, kommandierte er weiter.

Den pelzgefütterten roten Mantel samt Hose und Zipfelmütze sowie die schweren schwarzen Stiefel hatte man lässig neben dem Weihnachtsmann drapiert, damit keine Zweifel an der Echtheit des Modells aufkamen. Die dachten aber auch an alles, wunderte sich der Entführte, der ja in seinem Pyjama verschleppt worden war. Sogar seine Arbeitskleidung hatten sie hergebracht.

Jemand puderte ihm das Gesicht, ein anderer zupfte ihm an Bart und Haar herum, bevor es losging. Jede Menge Fotos wurden geschossen, bis der Spuk endlich vorüber war. Was wollten die nur damit, fragte sich das unfreiwillige Modell.

Nur einen Tag später hingen rund um den Globus Plakate vom Weihnachtsmann am Strand. Der vermeintliche Abschiedsbrief unter den Bildern löste allerorts Verstörung aus.

Liebe Leute, liebe Kinder!
Schweren Herzens habe ich mich zur Ruhe gesetzt. Die Entscheidung ist mir wirklich nicht leichtgefallen.
Auf Weihnachten müsst ihr trotzdem nicht verzichten. Die Firma »SHOP YOUR XMAS« bietet adäquaten Ersatz zu fairen Preisen.
Ihr werdet mir fehlen. Danke für die schöne Zeit.
Euer Weihnachtsmann

Zum selben Zeitpunkt lief die Werbekampagne des Konzerns in sämtlichen Medien an.

Darin hieß es:

Wählen Sie aus unseren
Weihnachtskomplettpaketen S, M, L
oder XXL für den gehobenen Anspruch.
Für Sie nur das Beste zum Feste!
Vom Weihnachtsmann persönlich empfohlen.

Das Entführungsopfer aber saß verlassen auf jenem kleinen Eiland mitten im Pazifik und sehnte sich nach Schnee und Eis. Der Nordmann sah keine Chance mehr, aus eigener Kraft aus seinem Exil zu entkommen.

Ich kann die Menschen doch nicht im Stich lassen. Spätestens in einer Woche muss ich mit den Auslieferungen beginnen, um alles rechtzeitig zu schaffen, grübelte er während eines Strandspaziergangs.

Dann setzte er sich in den warmen Sand und blickte sehnsüchtig auf den Ozean hinaus. Noch wollte er nicht aufgeben. Vielleicht käme ja Hilfe von oben, von seinen himmlischen Kollegen. Wie sagte man so schön, die Hoffnung stirbt zuletzt.

Einen Augenblick später glaubte er, fern am Horizont ein Schiff zu erkennen. Beflügelt von neuer Zuversicht sprintete er durch den Sand bis in die Brandung hinein. Das Wasser reichte ihm fast bis zu den Knien, als er seine Arme hob und sie hin und her schwenkte. Der winzige Punkt wurde allmählich größer. Ein Schiff! Es war wirklich ein Schiff.

Schon kurz darauf steuerten zwei Beiboote auf ihn zu. Ein befreiendes Lachen hellte seine Miene auf und er klatsche vor Erleichterung in die Hände. Mit vibrierender Stimme rief er gen Himmel: »Auf euch ist Verlass! Herzlichen Dank für die Rettung.«

Dann legten die Boote an. Es stellte sich heraus, dass es sich um eine Filmcrew handelte, die eine neue Folge des Traumschiffs zu Weihnachten drehte. Ein kräftiges Unwetter hatte ihnen die Arbeit am geplanten Drehort für die letzten Szenen vermasselt. Nur einem Zufall war es zu verdanken, dass sie ausgerechnet an dieser einsamen Insel vorbeigekommen waren.

Den Weihnachtsmann hatten sie nicht gleich erkannt in der ungewohnten Bekleidung. Als die Retter erfuhren, wen sie da aus seiner Geiselhaft erlöst hatten, war die Freude grenzenlos.

»Welch ein Glück, dass wir dich befreien konnten, lieber Weihnachtsmann!«, wurden die netten Filmleute nicht müde, zu beteuern.

»Ihr seid wahre Helden!«, erwiderte dieser lachend. »Ohne euch wäre Weihnachten für immer verloren gewesen.«

Aus Dankbarkeit willigte er ein, eine kurze Szene in der Traumschiff-Folge zu spielen. So kam es, dass zum ersten Mal der originale Weihnachtsmann im Fernsehen zu sehen war.

Ein neues Outfit für Isi

»Isiiiii, wo bleibst du denn?«, schrie Mama von oben. Die dreizehnjährige Isabel stand im Keller vor dem Regal mit den selbstgekochten Marmeladen und suchte nach Aprikose. Nach längerem Hin- und Herschieben der Gläser fand sie noch eines, welches natürlich ganz hinten stand. Kein Wunder, dass sie es nicht gleich gefunden hatte. Ihr Gehirn war ohnehin gerade mit wichtigeren Dingen beschäftigt. Alles drehte sich um die Party. In ihrer Mädchen-Clique gab es kein anderes Thema mehr. Mailo kam auch!

Der Gedanke daran ließ Isis Herz gleich ein paar Takte schneller klopfen.

Beim Verlassen des Raumes streifte ihr Blick einen Keramikkrug, der bei den Blumenvasen neben der Tür stand. Obwohl Mama ein weiteres Mal ungeduldig nach ihr gerufen hatte, blieb sie stehen und nahm ihn in die Hand. Das war es. Dieses Blau wollte sie. Also klemmte sie sich das Gefäß unter den Arm, löschte das Licht und lief die Treppe hoch.

»Na, endlich!«, sagte Mama bemüht streng. Dann zwinkerte sie ihrer Tochter liebevoll zu.

»Du bist eben meine kleine Träumerin.«

Isi erwiderte nichts darauf und reichte ihr das Marmeladenglas.

»Was willst du denn mit dem Krug?«

»Den nehme ich mit zum Shoppen. Für die Party möchte ich unbedingt ein Kleid in genau diesem Blauton haben.«

»Eine gute Wahl. Das ist exakt die Farbe deiner Augen, mein Schatz.« Die Mutter drückte Isi einen Kuss auf die Stirn.

Der Stadtbesuch verlief enttäuschend. Weit und breit war nichts Besonderes in Isis Wunschfarbton zu finden. Geduldig hatten ihr die Mädels coole Klamotten zum Anprobieren rausgesucht. Hellblau, dunkelblau, bläulich lila. Doch bei jedem Teil schüttelte Isi den Kopf, trotz mancher Begeisterungsstürme der Freundinnen. Am Ende waren alle glücklich eingekleidet, nur Isi nicht.

Daheim erkannte die Mutter gleich an Isis Gesichtsausdruck, dass der Einkauf nicht von Erfolg gekrönt war und schlug vor, etwas zu nähen.

»Wie früher Isi, lass mich mal machen.« Mama war kaum zu Bremsen in ihrer Euphorie und freute sich über diese ausgezeichnete Idee. Vor etwa einem Jahrhundert hatte sie mal zwei Semester Modedesign studiert. Seitdem glaubte sie unerschütterlich daran, eine Expertin zu sein. Isi ergab sich Mamas Überschwang und willigte am Ende ein.

»Gleich morgen entwerfe ich ein Schnittmuster und kaufe den perfekten Stoff für dich«, kündigte die selbsternannte Modekoryphäe an.

Fünf Tage später war es so weit. Mutter bat zur Anprobe. Oma war auch dabei.

Großmutter und Enkelin erwarteten jeden Moment einen Trommelwirbel bei Mamas übertriebenem Gehabe und tauschten genervte Blicke aus. Endlich schlug Mama ein Päckchen aus Seidenpapier auf und präsentierte stolz die selbst fabrizierte Textilie. Diese war weder blau, noch ein Kleid.

Umständlich entfaltete sie ein Stück Stoff und schwärmte dabei vom guten Fall des edlen Materials sowie vom raffinierten Schnitt. »Schwarzweiß liegt voll im Trend«, wusste Mama. Und berichtete, dass dieses ästhetische Muster sie auf seltsame Weise an den Blick auf die Weide erinnere, wenn sie morgens beim Kaffee durch das Küchenfenster hinausschaute. »Es hat so etwas Heimeliges, Gemütliches.« Mutters Redeschwall nahm kein Ende.

»Jetzt probier schon, Isi! Ich bin ja so neugierig, wie du darin aussiehst.«

Also schlüpfte das Mädchen in den Jumpsuit, der eigentlich ein Kleid hätte sein sollen und stand unglücklich vor dem Spiegel, den Mama extra zu diesem Zweck in der Küche aufgestellt hatte. Oma schluckte und schaute sparsam. Über ihre Lippen kam kein Wort.

In diesem Moment streckte Jan seinen Kopf durch die Tür. »Hier ist Anprobe?«

Erst starrte er seine Schwester an, dann richtete er den Blick durch das Fenster nach draußen. Schließlich kommentierte er mit einem Schulterzucken: »In dem Aufzug siehst du aus wie Mamas Lieblingskuh dort drüben auf der Weide.«

Eines dieser Bücher

Ein schrilles Hupen. Aufgerissene Augen. Rot! Oh mein Gott. Gregor Buchstab trat in die Eisen und brachte seinen Wagen gerade noch rechtzeitig zum Stehen, bevor sich ein schrecklicher Unfall ereignete. Wie hatte er die rote Ampel nur übersehen können?

Gregor fuhr an den Straßenrand und atmete einmal tief durch. Die anderen Fahrer chauffierten wild gestikulierend und schimpfend an ihm vorbei.

Es war dieses Buch, das ihn nicht losließ. Es hatte ihn so in seinen Bann gezogen, dass er sogar im Straßenverkehr, wo äußerste Konzentration gefragt war, völlig geistesabwesend agierte. Es lag neben ihm auf dem Beifahrersitz. Nur dieses eine. Die anderen Titel befanden sich in den Verkaufskoffern im Heck seines Kombis.

Er blickte auf das schlichte Cover und zwang sich, das Buch für die Weiterfahrt aus seinen Gedanken zu verbannen, sich stattdessen auf das Fahrgeschehen zu fokussieren. Er startete den Motor, blinkte und fädelte sich wieder in den fließenden

Verkehr ein. Erneut warf er einen flüchtigen Blick auf den Roman. Das würde ein Bestseller sagte ihm sein Gespür, obwohl es sich bei der Autorin um eine Newcomerin handelte und er bislang noch keine hundert Seiten gelesen hatte.

Buchstab hatte ein untrügliches Gefühl für erstklassige Bücher. Er war gut in seinem Metier, wenn nicht sogar der Beste. Als »Trüffelschwein« bezeichneten ihn einige seiner Kollegen sogar manchmal mit einem Augenzwinkern. Pries er den Händlern ein Werk als Geheimtipp an, rissen sie es ihm quasi aus den Händen, bisweilen ohne die Marktdaten zu Rate zu ziehen. Somit hatte er als Handelsvertreter mehr Einfluss auf den Buchmarkt, als man gemeinhin annahm.

Und ging wieder ein neuer Stern am Literaturhimmel auf, konnte Gregor nicht selten von sich behaupten, dass er für deren Erstrahlen ein kleines bisschen mitverantwortlich war. Dann trug er ein Lächeln auf dem Gesicht und freute sich still.

Es war schon dunkel, als er den Wagen auf dem Platz vor seiner Garage parkte. In der Magengegend fing es leicht zu Kribbeln an. Das war die Vorfreude. Immer, wenn er ein überaus gelungenes Buch las, überfiel ihn dieses elektrisierende, belebende Gefühl. Die aufgeregte Spannung bis er endlich die mit einem Lesezeichen markierte Seite aufschlug, um Wort für Wort, Zeile für Zeile tiefer in die jeweilige Story einzutauchen.

Lesen war für ihn wie ein Spaziergang durch die Gärten einer fremden Welt. Einer Welt, deren Zutaten aus Phantasie und der Kunst des Wortes geschaffen war.

Mit einem Snack, einem Glas Rotwein und seinem Buch legte er sich auf das bequeme Sofa im Wohnzimmer. Beim Lesen brach die ganze Palette der Emotionen über ihn herein. Mal lachte er amüsiert, dann wieder rollten ihm Tränen aus den Augenwinkeln. Hochspannende Momente wechselten sich mit nachdenklichen ab. Zwischendurch starrte er Löcher in die Luft, sinnierte über die Geschichte und darüber, was sie mit seinem ureigenen Menschsein zu tun hatte. Erst nach der letzten Seite klappte Gregor das Buch zu und schlief auf dem Sofa ein, wo er am darauffolgenden Morgen von der Sonne geweckt wurde, die ihre gleißenden Strahlen durch das große Fenster auf sein Gesicht richtete. Zum Glück war Wochenende.

Sonntags war er immer noch so erfüllt von der Geschichte, dass er eine alte, fast vergessene Gewohnheit wieder aufnahm.

Damals als Teenager hatte er nach jeder Lektüre seine Gedanken und Gefühle aufgeschrieben und den Text im jeweiligen Buch deponiert. In seiner Bücherwand im Arbeitszimmer mussten sich immer noch etliche davon befinden.

Mit einem Kaffee setzte er sich an den Computer und legte eine neue Datei an, in der er seine Eindrücke zu dem außerordentlichen Debütroman festhielt:

Das ist eines dieser Bücher, die noch lange in der Leserseele nachhallen. Wie Sediment im Wasser setzt es sich am Grund der Seele ab und verwebt sich mit dem ganz persönlichen Erfahrungsschatz des Lesers.
Zwischen diesen Deckeln findet man das, was Perlenfischer zwischen den beiden Hälften einer Muschelschale zu finden hoffen. Einen Schatz!

Am Montag bräche er zur nächsten Verkaufstour auf, kreuz und quer durch die nördliche Hälfte der Republik. Viele der Buchhändler kannte er seit Jahren. Die meisten von ihnen waren Gleichgesinnte. Wie er, absolute Literaturfans. Auf gute Geschäfte wollten sie aber auch nicht verzichten. Denn letztendlich lebten sie und ihre Mitarbeiter davon. Gregor dachte über geeignete Verkaufsargumente nach, mit denen er die Einkäufer von dem Roman überzeugen konnte, der ihn selbst so tief bewegt hatte. Von Herzen gern würde er dazu beitragen, das Buch einer möglichst breiten Leserschaft zugänglich zu machen.

Aber kein ökonomisches Argument schien ihm ein angemessener Anreiz für diese Buchperle zu sein. Das wurde dem Werk einfach nicht gerecht.

Aus einer Eingebung heraus druckte Gregor seine persönlichen Notizen auf schlichten weißen Karten aus und heftete diese mit einer Büroklammer an die Musterexemplare des Romans.

In diesem speziellen Fall wollte er Marktanalysen, Zielgruppen und dergleichen nicht als Grundlage für die Verkaufsgespräche verwenden.

Hier kam aus seiner Sicht nur ein einziges Argument in Betracht: Lesen!

Projekt G.

Ähnlichkeiten mit real existierenden Personen in die-ser Geschichte sind nicht rein zufällig und frei erfun-den, sondern absolut erwünscht.

Eines Morgens war Magda ganz benommen auf-gewacht. Höllische Kopfschmerzen quälten sie. Dann stellte sie fest, dass sie sich verschlafen hat-te. Trotz ihres Zustands sprang sie sofort aus dem Bett, um Philipp zu wecken. Er musste zur Schule.

In seinem Zimmer fand sie ein leeres Bett vor. Seltsam! Ein ungutes Gefühl überfiel Magda. Sie suchte das Telefon und fand es im Wohnzimmer auf dem Couchtisch. Darunter lag ein Notizzettel. Sicher eine Nachricht von Philipp.

Bestürzt stellte Magda fest, dass es nicht so war, und las überrascht zwei schnell dahingekrit-zelte Worte in großen Lettern: KEINE POLIZEI! Was hatte das zu bedeuten? Magda hielt das Stück Papier noch in den Händen, da klingelte es an der Haustür. Ein Mann in Kurierdienstuni-form überreichte ihr einen Brief. Es handelte sich um einen länglichen weißen Briefumschlag, ohne

Absender. Mit zitternden Fingern riss sie ihn auf und las.

Wir haben Ihren Sohn!
Finden Sie sich heute Abend um 22.00 Uhr am stillgelegten Güterbahnhof ein. Parken Sie vor Halle 3. Dort erhalten Sie alle notwendigen Informationen. Kommen Sie allein!

In den darauffolgenden Stunden durchlebte Magda die Hölle. Ihr Sohn in den Händen von Kidnappern!

Der erste Impuls war, die Polizei zu verständigen. Magda entschied sich jedoch dagegen. Besser, sie hielt sich genau an die Anweisungen. Irgendwann bemerkte sie, dass die Abenddämmerung hereinbrach. Sie musste funktionieren. Also nahm sie eine Dusche, zog sich etwas Straßentaugliches an und machte sich auf den Weg.

Kurz vor 22.00 Uhr erreichte sie das Ziel. Magda schaltete die Scheinwerfer ihres Wagens aus. Es war so finster, dass sie kaum die Hand vor den Augen erkannte. Nur eine einsame Lampe flackerte in der Ferne. Im Sekundentakt tauchte sie die Umgebung in ein kühles gespenstisches Licht. Etwas Metallisches klapperte unermüdlich im Wind. Vermutlich ein verrostetes, lose herunterhängendes Blechschild. Es war zermürbend, das Geräusch.

Angespannt wartete Magda auf eine Kontaktaufnahme seitens der Entführer. Nach einigen Minuten riss jemand ohne Vorwarnung die Beifahrertür auf. Ein Mann setzte sich neben sie. Er trug einen dunklen Mantel. Sein Kopf war mit einem Hut bedeckt, den er sich tief ins Gesicht gezogen hatte. Wortlos reichte er ihr einen weiteren Umschlag. Diesmal größer, im DIN-A4-Format. Das Kuvert fühlte sich dick an.

Es entstand eine nervenzerreißende Pause, bevor der Kidnapper endlich seine Forderung stellte. Geld verlangte er nicht. Stattdessen übertrug er Magda einen brisanten Auftrag. Zum Schluss warnte er sie noch einmal: »Projekt G. hat überall Anhänger, auch in den Reihen der Staatsgewalt. Kommen Sie also nicht auf dumme Gedanken. Wenn Sie Ihren Sohn wiedersehen wollen, kooperieren Sie!« Dann verließ der Mann das Auto.

Nach dieser Zusammenkunft war Magda auf direktem Weg ins Institut gefahren. Dort arbeitete sie wie eine Besessene, gönnte sich keine Pause. Mittlerweile hatte sie seit mehr als zwanzig Stunden das Labor nicht mehr verlassen, kaum etwas getrunken und nichts gegessen. Sie war erschöpft und mutlos. Ihre Stimme klang brüchig wie ein morsches Stück Holz. »Es kann nicht funktionieren. Nicht nach dem heutigen Stand der Wissenschaft. Das Experiment ist gescheitert!« Magda sprach diese Worte in die abendliche Stille hinein, ohne Erwartung einer Antwort.

»Niemals ist je etwas wirklich hoffnungslos«, ertönte hinter Magdas Rücken dennoch eine tiefe Männerstimme. Erschrocken sprang sie auf und drehte sich um. Ihr alter Freund, der Professor, lächelte sie wohlwollend an.

Er schwieg, während er sie durchdringend musterte. Wo war nur ihr jugendlicher Enthusiasmus geblieben? Damals war sie seine beste Studentin. Voller Begeisterung für die Naturwissenschaften.

Wie viele Jahre waren seitdem vergangen? Unwichtig! Sie brauchte dringend Unterstützung. Das war nicht zu übersehen. Sicher war es kein Zufall, dass sein Weg ihn ausgerechnet jetzt hierher geführt hatte.

Beide verband eine langjährige Freundschaft. Stets hatte er ihren Werdegang im Auge behalten und sich über jeden ihrer Erfolge als Neurobiologin gefreut. Sie jetzt so zu sehen, bereitete ihm Sorgen.

»Woran arbeitest du?«

»Darüber kann ich nicht reden. Zu gefährlich für Sie, Professor.« Sie zögerte, schließlich fügte sie hinzu: »Auch für mich, vor allem aber für Philipp.«

»Ich liebe die Gefahr!« Mit einem Augenzwinkern versuchte er, das Gespräch zu entspannen. Er nahm deutlich ihre Angst wahr.

»Ach Professor, wenn Sie wüssten!«

»Was hat denn Philipp damit zu tun?«, hakte er nach. Ihr Sohn dürfte mittlerweile zwölf Jahre alt sein. An der Wand hing ein großformatiges gerahmtes Foto von ihm. »Er ist dir wie aus dem Gesicht geschnitten«, bemerkte der Professor. »Selbst die lustigen Sommersprossen auf seiner Nase hat er von dir. Nun erzähl endlich. Um was geht es hier?«

Magda dachte nach. Sicher wäre es vernünftig, sich jemandem anzuvertrauen. Und der einzige, der dafür in Frage kam, war ohnehin er, ihr väterlicher Freund. Den Tränen nahe, platzte es aus ihr heraus: »Die haben Philipp. Wenn ich nicht bald die geforderten Ergebnisse präsentiere, werde ich ihn nie wiedersehen. Das sind keine Leute, die leere Drohungen aussprechen.«

Der Schreck fuhr dem Professor in die betagten Glieder.

Um sie nicht noch mehr zu beunruhigen, verbarg er das vor ihr. Stattdessen fragte er jetzt in einem sachlichen Ton: »Um welche Ergebnisse handelt es sich? Und vor allem, wer um Himmels willen sind die?«

Zögernd rieb sie sich die Stirn. »Sie müssen sich darüber im Klaren sein, mit einem Bein im Grabe zu stehen, wenn ich Sie einweihe.«

»Ich altes Schlachtross habe nicht mehr viel zu verlieren. Meine Lebenserwartung ist auch ohne diese mysteriösen Leute recht überschaubar. Wichtig ist der Junge. Wir müssen ihn da rausholen.«

Je mehr der Professor von Magda über die Angelegenheit erfuhr, umso fassungsloser wurde er. Er fühlte sich in einen Agententhriller aus Hollywood versetzt. Tatsächlich aber befanden sie sich in einer beschaulichen süddeutschen Stadt, in einer unbedeutenden Forschungseinrichtung. Sicher, Magda hatte sich im Kollegenkreis einen ausgezeichneten Ruf erarbeitet und mit dem ein oder anderen Fachartikel für Furore gesorgt. Aber das drang doch nicht bis in kriminelle Kreise vor.

Hochkonzentriert saß er Magda gegenüber und hing an ihren Lippen. Zwischendurch schüttelte er ungläubig den Kopf. Sein Gesicht glühte rot vor Aufregung. Dass er sich schon einige Male ans Herz gegriffen hatte, war Magda trotz aller Anspannung nicht entgangen.

»Das ist zu viel für Sie, Professor.« Man hörte die Sorge aus ihrer Stimme heraus.

»Mir geht es gut, ehrlich. Jetzt sprich endlich weiter!«

Magda schenkte nochmals Tee nach und er hörte den Rest der haarsträubenden Geschehnisse.

»Bei Projekt G. handelt es sich um eine höchst geheime Verschwörung im ganz großen Stil. Namen sind mir nicht bekannt, aber angeblich sind Leute aus allen erdenklichen Bereichen involviert. Hochrangige Politiker, Wirtschaftsmagnaten, Richter, und so weiter.«

»Okay, und welche Rolle spielst du dabei? Warum setzten sie dich unter Druck?«

»Wie ich es verstanden habe, geht es nur um eine einzelne Operation. Nach erfolgreicher Realisierung wird die Vereinigung sofort aufgelöst«, erklärte Magda.

Zwischenzeitlich wirkte der Professor wieder gefasst. Auch seine Gesichtsfarbe hatte sich normalisiert.

»Sag mal, du wirst sicher abgehört. Ist hier nicht alles verwanzt?«, unterbrach er sie.

»Nein, machen Sie sich darüber keine Gedanken. Das Labor wird täglich routinemäßig vom Sicherheitsdienst überprüft. Hier ist alles sauber.«

»Das hätte ich nicht vermutet«, wunderte er sich. »Die müssen sich ihrer Sache ja ausgesprochen sicher sein.«

»Ja, das sind sie. Sie wähnen sich auf der guten Seite und sind überzeugt davon, mit ihrem Vorhaben der Welt einen notwendigen Gefallen zu erweisen.«

»Dann greifen die zu solchen Mitteln? Die Entführung eines Kindes? Ich bitte dich!« Der Professor schlug mit der Faust auf den Tisch, um seiner Empörung Luft zu machen.

Magda fuhr fort mit ihrem Bericht. »Es geht darum, eine hochrangige Person umzuprogrammieren. Zum Wohle der Menschheit, behaupten sie. Und da komme ich ins Spiel.« Magda tippte mehrmals mit dem Zeigefinger gegen ihr Brustbein. »Ich soll das Ganze möglich machen, indem ich ein entsprechendes Tool auf molekulargenetischer Ebene entwickle. Es soll unkompliziert verabreicht werden können. Zum Beispiel über die Nahrung oder ein Getränk.«

Mit aufgerissenen Augen rief der Professor: »Das ist unmöglich! Science-Fiction!«

»Ich weiß. Trotzdem forsche und teste ich ohne Unterlass. Immer negativ. Vielleicht, wenn ich mehr Zeit hätte ...?«

»Vergiss es!«, winkte der Professor ab.

Sie reichte ihm ein paar Unterlagen. »Das ist eine Liste der umzuprogrammierenden Wesensmerkmale der Zielperson, inklusive der Anforderungen, die an die neue Persönlichkeit gestellt werden. Alles befand sich in diesem Umschlag.« Sie zeigte ihm das Kuvert, das ihr der Mann im Auto überreicht hatte. »Und hier, das sind meine Testreihen.«

Wortlos nahm der Professor die Papiere entgegen.

»Das verstößt komplett gegen meine ethischen Grundsätze, Professor. Was soll ich nur tun? Ich will Philipp schnellstens wieder bei mir haben. Und zwar unversehrt!« Magda brach endgültig in Tränen aus.

»Ich schlage vor, wir essen jetzt etwas. Dann schlafen wir ein paar Stunden. Du musst wieder zu Kräften kommen. Irgendetwas lasse ich mir einfallen, versprochen! Wir holen uns den Jungen zurück.«

»Okay, ruhen wir uns etwas aus«, stimmte Magda zu. »Ich bin ja so froh, Sie jetzt an meiner Seite zu haben.«

Nach dem Abendessen im Hotel des Professors packte er Zahnbürste und frische Kleidung ein. Anschließend chauffierte er Magda nach Hause. »Leg dich sofort hin und probiere, zu schlafen.« Er begleitete sie die Treppe hinauf in ihr Zimmer. »Morgen früh wirst du von Kaffeeduft und mit einem reichhaltigen Frühstück geweckt«, versprach er. Er zog ihr die Schuhe von den Füßen und legte die Bettdecke auf ihren müden Körper.

Fast schon schlafend murmelte Magda: »Danke, Professor.« Bald darauf waren nur noch ihre regelmäßigen Atemzüge zu hören.

Der alte Mann schloss behutsam die Zimmertür hinter sich. Kurz vor Mitternacht brühte er sich einen weiteren Tee auf, um nachfolgend noch Stunden über den Unterlagen zu sinnieren. Erst im Morgengrauen nickte er für einen Moment im Sitzen ein.

Trotzdem wirkte er frisch und ausgeruht, als er seinen Schützling mit dem versprochenen Frühstück am Küchentisch erwartete.

Sogar Brötchen vom Bäcker hatte er besorgt. Magda sah im Vergleich zum Vortag erholt aus. Der Schlaf hatte ihr merklich gutgetan.

»Sie flöten so gut gelaunt vor sich hin, Herr Professor. Gibt es etwas Neues?«

Während der Kaffee durch die Maschine tröpfelte und sein belebendes Aroma verbreitete, lächelte er ihr verschwörerisch zu.

»Ja, ich habe einen Plan. Nach meiner Auffassung können wir davon ausgehen, dass sie Philipp derzeit nichts antun werden. Dazu ist er zu wertvoll für sie.«

Der Professor erläuterte seine Erkenntnisse. »Natürlich ist das alles entsetzlich! Aber da Phillips Leben nicht unmittelbar in Gefahr ist, bleibt uns etwas Spielraum zum Pokern.«

Magdas Herz klopfte so heftig, als könnte es jeden Moment ihren Brustkorb sprengen. Erwartungsvoll folgte sie seinen Ausführungen.

»Bei der Zielperson von Projekt G. kann es sich nur um den amerikanischen Präsidenten handeln. Da bin ich mir absolut sicher. So banal es klingen mag, aber bei dieser Operation steht der Buchstabe G für Grump, Ronald Grump.

Alle Fakten sprechen dafür und ich bin der Meinung, wir sollten genau den mit ins Boot holen. Seine Reaktionen lassen sich zwar selten im

Vorhinein einschätzen, aber er wird uns hoffentlich unterstützen. Unser Wissen rettet immerhin seinen Kopf.«

»An den Mann kommen wir doch gar nicht heran«, wandte Magda ein.

»Kommen wir doch«, triumphierte der Professor. In seinen Augen blitze es auf.

»Ein solides Netzwerk ist Gold wert. Erinnerst du dich an meinen alten Studienfreund, Oswald Bredenbach, der sich damals in den USA niedergelassen hatte? Sein Erstgeborener leitet ein namhaftes Security-Unternehmen in den Staaten. Er höchstpersönlich ist Bodyguard des Präsidenten und soll einen guten Kontakt zu ihm unterhalten. Man wird uns äußerst dankbar sein für diese brisanten Informationen. Mit ein wenig Glück, Magda …« Dann schwieg der Professor.

Auf ihrer Stirn zeichneten sich kleine Fältchen ab, während sie nachdachte. Was er vorschlug, hatte eine Chance verdient. Ein Keim neuer Hoffnung war gesät.

»Gut Professor! Was tun wir als Erstes?«

Erleichtert legte er einen Arm um Magdas Schultern, zwinkerte ihr zu und griff zum Telefon.

»Jetzt rufe ich Ossi an und vermittle ihm, dass wir dringend die Hilfe seines Sohnes benötigen.

Er wird dafür sorgen, dass der sich umgehend bei mir meldet. Mit ihm besprechen wir das weitere Vorgehen. Das ist ein erfahrener Mann, Magda.«

Nach dem Telefonat begaben sie sich auf den Weg ins Labor. Kaum dort angekommen, meldete sich schon Mike Bredenbach.

»Das ging ja schneller als erwartet«, bemerkte der Professor, bevor er das Gespräch entgegennahm.

Mike sprach fließend deutsch mit einem sympathischen amerikanischen Akzent.

»Onkel Rudolph, wir haben aber lang nicht mehr miteinander gesprochen. Was gibt es denn so Dringendes?«

Der Professor erklärte kurz, dennoch präzise die Sachlage. Mike schien nachzudenken, denn es dauerte eine Weile, bis er sich zu dem Gehörten äußerte.

»Macht euch keine Sorgen um den Jungen. Egal, wo auf der Welt er sich aufhält, wir werden ihn finden. Mister Grump hat ungeahnte Möglichkeiten. Wenn das stimmt, was du sagst, Rudolph, dann steht der Präsident tief in eurer Schuld. Was für eine wahnwitzige Geschichte.«

Mike atmete kräftig ein und stieß die Luft deutlich hörbar wieder aus.

»Ich werde umgehend alles in die Wege leiten, um Philipp zu finden. Und nach der Unterredung mit dem Präsidenten melde ich mich wieder. Einverstanden?«

»Klar, Mike! Und danke.«

»Ach und noch etwas, Rudolph. Deine Freundin sollte derweil irgendetwas zur Übergabe an diese Leute vorbereiten. Ein Fake-Programm gewissermaßen. Es kann sein, dass später alles sehr schnell gehen muss.«

Dann beendeten die Männer das Gespräch.

»Du hast es gehört, Magda. Zuerst suchen und finden sie unseren Philipp. Hast du die Kontaktnummer von Projekt G. parat?«

»Gewiss, Herr Professor!« Magda füllte, wie von Mike empfohlen, etwas Flüssigkeit mit den unwirksamen Molekülen aus ihren Testreihen in unzerbrechliche Reagenzgläser und verpackte sie sorgfältig in einem Sicherheitskoffer.

»Wie die das durch die Kontrollen am Flughafen bekommen wollen, ist mir schleierhaft«, bemerkte sie. »Aber das ist zum Glück nicht mein Problem.«

Zeitgleich wurde in den USA eine Maschinerie in Gang gesetzt, die diskret nach dem deutschen Jungen fahndete. Inzwischen saß Mike bei Mister

Grump und erläuterte die Situation. Er schlug vor, die Attentäter in eine Falle zu locken.

»Dann könnten wir sie auf frischer Tat ergreifen, Mr. President, und sofort aus dem Verkehr ziehen. Wir müssen lediglich eine günstige Gelegenheit für die Verschwörer arrangieren. Ein öffentlicher Empfang wäre geeignet.«

Ronald reagierte höchst unerwartet. Kein ungehobeltes Herumkrakeelen, keinerlei unangemessene Scherze. Wie es schien, ging ihm die Sache wahrhaftig nahe.

»Ja, ja, so machen wir das. Und Klappe halten. Kein Wort zu niemanden, Bredenbach«, wies er Mike an.

Mister Grump suchte seine Privaträume auf, ließ sich mit versteinerter Miene in seinen Lieblingssessel sinken und sprach kein Wort mehr. Es wirkte geradezu so, als dächte er nach. Seine Gattin beobachtete dieses befremdliche Verhalten sorgenvoll. Denken gehörte nicht zu den Kompetenzen ihres Ehemannes. Es verursachte ihm stets grässliche Kopfschmerzen. Er war ein Macher, kein Denker.

Der in sich gekehrte Staatsmann aber saß ungewöhnlich lange auf seinem Platz und twitterte nicht einmal.

Stattdessen starrte er Löcher in die Luft und hinterfragte sich selbst zum ersten Mal in seinem Leben. Aber wie er es auch drehte und wendete, er kam immer wieder zum selben Ergebnis.

Er war ein guter Typ. Der Weltbeste sogar. Daran bestand nicht der geringste Zweifel. Außerdem war er der großartigste Präsident aller Zeiten. Also warum zum Teufel wollten die ihn dann umprogrammieren? Er käme schon noch dahinter.

Etliche Stunden später verlangte er schließlich nach seinem Smartphone.

»Hallo Mike, ist der Junge in Sicherheit? Ja? Great! Ach, der war wirklich in Amerika versteckt? Crazy! Ganz unglaublich.«

Mike pflichtete ihm bei.

Der Präsident sprach weiter. »I like the Germans! Mein Großvater kam aus Deutschland, you know? Also lassen Sie den Bengel in meinem Privatjet nach Hause fliegen. Best job ever, Mike!«

Bevor die Männer das Gespräch beendeten, informierte der Sicherheitchef den Präsidenten über den weiteren Fortgang der Ereignisse.

»Alles verläuft nach Plan. Soeben hat Philipps Mutter die Substanz an ihre Kontaktperson bei Projekt G übergeben.

Die Verschwörer sind schon auf dem Weg zu uns. Wir werden diese Leute bald überführen.«

»Danke Bredenbach!«, beendete Ronald das Gespräch.

Die ungewohnte Denkarbeit hatte Mr. Grump so sehr angestrengt, dass seine Synapsen völlig aus dem Gleichgewicht geraten waren. Das hatte wundersame Auswirkungen auf seine Persönlichkeit zur Folge. In diesem Zustand der Verwirrung öffnete Ronald Grump seinen Twitter-Account und jagte einen Tweet nach dem anderen durch das Netz.

#Handelskriege
Handelskriege sind schlecht. Keiner kann gewinnen.

#Mexiko
Mauern behindern die Weitsicht. Sie sollten fallen, nicht gebaut werden.
P.S. Tequila ist lecker.

#Willkommen in Amerika
Einreiseverbote verhängen nur Dummköpfe. Ich bin ein kluger Mann.

Rund um den Globus stand die Presse kopf. Das Netz lief heiß. Was waren das für Meldungen aus dem Weißen Haus? War der Präsident bekifft?

Auch bei den Leuten von Projekt G. herrschte Verwirrung. Sie hatten die Substanz doch noch gar nicht verabreicht. Wie konnte sie trotzdem schon wirken? Ratlosigkeit breitete sich in ihren Reihen aus.

Magda und der Professor hingegen standen freudig mit einer Flasche Champagner am Ankunftsterminal des Flughafens, um Philipp gebührend in Empfang zu nehmen.

»Magda, give me five.«

Überschwänglich klatschten sie ab.

Dann schaute er sie ernst an und sagte: »Ab sofort hörst du mit dem blöden Professor auf. Für dich nur noch Rudolph.«

Das Entkorken der Flasche verursachte einen solch lauten Knall, als hätte jemand in unmittelbarer Nähe mit einer Pistole geschossen. Magda und Rudolph zuckten zusammen, aber von den anderen Flughafenbesuchern schien das niemand zu bemerken. Keiner von ihnen sah auch nur eine Sekunde lang von seinem Display auf.

Gerade erschien ein weiterer Tweet von Ronald.

#Haare
Mein Friseur ist gefeuert!

Gazellen werden von Löwen gefressen

Neidvoll schielte ich auf den riesigen Eisbecher, den Frank sichtlich genießend in sich hineinlöffelte. Ich hingegen sah meinen zwei Kugeln Eis dabei zu, wie sie langsam in der Sonne zerschmolzen.

»Schmeckt es dir nicht, Schatz?«, fragte mein Mann.

»Doch, doch. Es ist nur wegen der Diät ...« Ich war deprimiert. Wieder einmal hatte ich es nicht geschafft, standhaft zu bleiben.

»Das hier, das dürfte ich eigentlich gar nicht!« Missmutig schlug ich den Löffel gegen das Schälchen und warf ihn auf den Tisch.

Frank drückte mir einen Kuss auf die Stirn. »Ich verstehe dich nicht. Wenn du mich fragst, ist dieser Diäten-Wahnsinn völlig überflüssig.«

Mein Mann war großartig, er liebte mich trotz meines Übergewichts. Dennoch nagten immer wieder Zweifel an mir. Das ging so, seitdem wir ein Paar waren.

Und das waren wir seit mehr als zwanzig Jahren. Vielleicht schämte er sich insgeheim doch für mich, grübelte ich manchmal. Neben den schlanken Frauen aus unserem Bekanntenkreis fühlte ich mich wie eine graue Maus. Auch Frank konnte der Unterschied zwischen mir und diesen grazilen Schönheiten nicht entgangen sein. Zumal er selbst schlank und attraktiv war.

Bevor wir das Café verließen, schlürfte ich dann doch noch gierig das flüssig gewordene Eis aus der Schale. Anschließend unternahmen wir einen Schaufensterbummel. Ich sah die hübschen Sommerkleider an schmächtigen Puppen in den Auslagen hängen und fühlte mich noch deprimierter. Die aus Stoff geschneiderten Träume brauchte ich gar nicht erst anzuprobieren, sinnierte ich. Selbst, wenn es die Kleider in meiner Größe gab, sah ich ganz sicher unmöglich darin aus.

Mit dem Beginn jeder neuen Fastenkur träumte ich davon, endlich mein Wunschgewicht zu erreichen. Wie gerne würde ich mal Shorts oder einen Minirock tragen, doch das traute ich mich nicht einmal in unserem eigenen Garten.

In meinem Kleiderschrank hing seit Jahren ein traumhaftes Kleid in Konfektionsgröße vierzig. Das hatte ich mir damals als Motivationshilfe zum Abnehmen gekauft und eine Menge Geld dafür ausgeben. Das schöne Stück blieb seither ungetragen.

Mit solchen Gedanken im Kopf schlenderte ich lustlos an der Seite meines Mannes durch die City.

»Kennst du die?« Frank deutete mit seiner Hand nach vorne. Eine mir unbekannte Frau winkte in unsere Richtung und stürmte auf mich zu.

»Maike, bist du es wirklich?« Ehe ich ausweichen konnte, umarmte sie mich. Sie trat einen Schritt zurück und ließ ihre Blicke an mir auf und ab gleiten. Mein Gehirn lief auf Hochtouren. Wer war diese Frau?

Dann dämmerte es mir. Das war doch Melanie! *Die schöne Melanie*. Völlig entgeistert, sie nach all der Zeit wiederzutreffen war ich ernsthaft schockiert darüber, wie sie inzwischen aussah. Wir waren gleichaltrig. Ohne dieses Wissen hätte ich sie mindestens zehn Jahre älter eingeschätzt. Mein Blick heftete sich an die grauen Haare! Warum um Gottes willen färbte sie die nicht?

»Du siehst klasse aus«, sprach sie in meine Gedanken hinein und meinte, ich hätte mich seit damals kaum verändert.

Ich rechnete nach. Wie lange mochte es her sein, dass wir gemeinsam den Schulabschluss gemacht hatten? »Fast dreißig Jahre«, stammelte ich zusammenhanglos.

Seitdem hatte es einige Klassentreffen gegeben. Die Einladungen dazu waren bei mir umgehend im Altpapier gelandet. An die letzten Jahre meiner Schulzeit wollte ich keinesfalls erinnert werden.

Melanie redete auf mich ein, wollte sich mal auf einen Kaffee mit mir treffen und verabschiedete sich freundschaftlich. Ich hingegen war wie versteinert.

Franks Blicke waren fortwährend zwischen Melanie und mir hin und hergewandert. Scheinbar spürte er, dass etwas nicht stimmte.

»Eine alte Freundin?«

Ich schüttelte den Kopf. »Nein, aber wir sind mal in eine Klasse gegangen.«

Ihren Auftritt empfand ich als äußerst unpassend. Es machte mich fast wütend, dieses freundschaftliche Getue. Auf der anderen Seite spürte ich so etwas wie Genugtuung. Aus dem schönsten und arrogantesten Mädchen der Schule war so frühzeitig eine verbrauchte alte Schachtel geworden.

»Hast du ihre Falten gesehen? Die ist nicht älter als ich.«

Frank nickte. In ernstem Tonfall sagte er: »Magst du mit ihr tauschen? Sie ist so dünn, wie du es immer sein wolltest.«

Dann schlich sich ein Grinsen auf sein Gesicht und er fügte hinzu: »Also überlege es dir noch einmal mit der Diät! Am Ende siehst du nicht nur so schlank, sondern auch so zerknittert aus wie sie.« Er stupste mir seinen Ellenbogen in die Seite und zog mich weiter.

Das gab mir zu denken. Abends im Bad hatte ich immer noch seine Worte im Ohr. Ausgiebig betrachtete ich mich im Spiegel. Zum ersten Mal in meinem Leben fand ich gar nicht so schlecht, was ich sah. Ich schaute glatt und frisch aus. Der Teint rosig, auch ohne Make-up. Ich hatte weder Falten noch Augenringe. Und schlaffe Haut konnte ich ebenso wenig entdecken. Alles an mir war weich und rund. Meine Augen strahlten mich im Spiegel an.

Außerdem hatte ich den besten Ehemann der Welt. Er trug mich auf Händen. Und natürlich unsere Zwillinge. Zwei wunderbare Mädchen, schlank und sportlich. Das hatten sie von ihrem Vater. Wir wohnten in einem Haus im Grünen und der Teilzeitjob als Bibliothekarin füllte mich aus. Was wollte ich denn mehr? Hatte ich nicht allen Grund dazu, mit meinem Leben zufrieden zu sein? Mit einem Lächeln verließ ich das Bad und legte mich ins Bett. Frank schlief bereits.

Zu diesem Zeitpunkt ging es mir noch gut. Das Zusammentreffen mit Melanie hatte mir jedoch mehr zugesetzt, als mir bewusst war. Erst in der Nacht kam das ganze Drama meiner Schulzeit wieder hoch. Nickte ich mal kurz ein, tauchten grässliche Träume auf.

Darin begegneten mir Markus und Melanie. Sie lachten mich aus, bevor sie Hand in Hand wieder verschwanden.

Markus war der Junge in meiner Schulklasse, in den ich heimlich verliebt gewesen war. Zum ersten Mal in meinem Leben – Herzklopfen und Schmetterlinge im Bauch.

Ein weiterer Albtraum ließ mich genauso wie damals im Sportunterricht ganz allein auf der Bank sitzen, weil mich keiner bei den Mannschaftsspielen auf seiner Seite haben wollte. Die nächtlichen Bilder quälten mich so sehr, dass sie mich erneut aus dem Schlaf rissen. Jedoch brachte das keine Erlösung von den schmerzhaften Erinnerungen. Ich konnte nicht aufhören, daran zu denken. Mir fiel wieder ein, wie der Sportlehrer ausgelost hatte, um mich in einem der Teams unterzubringen. Wer die Niete gezogen hatte, das war ich, musste mich in seiner Riege mitmachen lassen. Wie ein Echo aus ferner Zeit dröhnten die Beleidigungen meiner Mitschüler von Neuem in meinen Ohren: »Mit der Dampfwalze haben wir doch sowieso keine Chance. Warum kann die Dicke nicht einfach auf der Bank sitzen bleiben?« Ich hatte mich nicht dagegen gewehrt, die Demütigungen wortlos über mich ergehen lassen.

In Leichtathletik erging es mir ebenso schlecht. Beim Laufen watschelte ich wie eine lahme Ente hinter meinen Klassenkameraden her. Sie waren längst im Ziel, wenn ich prustend und schwitzend eintrudelte. Die herabwürdigenden Blicke brannten sich in meine Seele ein. Sie kicherten und zogen übel über mich her. Allen voran Melanie. Nachts weinte ich dann. Die hatten doch Recht, die anderen. Ich war fett, hässlich und völlig unsportlich. Morgens schaute meine Mama mir besorgt in die verquollenen Augen und schmierte mir zum Trost noch ein Nutella-Brot mehr.

Zurück in der Gegenwart wälzte ich mich aufgewühlt neben Frank im Bett hin und her. Die Gedanken ließen mich nicht zur Ruhe kommen. Statt endlich zu schlafen, hing ich ihnen immer weiter nach.

Es gab auch Lichtblicke damals. Ich war eine gute Schülerin, vor allem was Sprachen anging. Als Klassenbeste freute ich mich auf die Deutschstunden und meine Lehrerin mochte mich gern, im Gegensatz zum Sportlehrer. In Englisch und Französisch gehörte ich ebenfalls zu den Erfolgreichsten der Jahrgangsstufe.

Markus stand in Englisch auf der Kippe und in Deutsch sah es nicht viel besser für ihn aus. Immer öfter bat er mich um Hilfe. Mein Herz hüpfte, wenn er sich in der Pause etwas von mir erklären ließ. Und immer häufiger machte ich auch seine Hausaufgaben. Das ging so weit, dass ich ein vollständiges Deutschreferat für ihn schrieb. Seine letzte Chance, noch einmal an einem Fünfer im Zeugnis vorbeizukommen. In das Referat hatte ich eine Menge Zeit und Arbeit investiert. Zu unserer Schulzeit konnte man die benötigten Informationen noch nicht im Internet nachschlagen. Da wälzte man Bücher, die man sich in Bibliotheken auslieh.

Markus bekam für die Aufgabe eine Zwei plus. Somit war sein Fünfer vom Tisch. Unsere Lehrerin ahnte allerdings, dass das Referat nicht aus seiner eigenen Feder stammte.

Zum Dank für die gute Note lud Markus mich in die Teestube ein.

Das war ein beliebter Treffpunkt für uns Jugendlichen. Ich freute mich riesig.

Vor Aufregung konnte ich gar nicht mehr essen. Das hatte den angenehmen Nebeneffekt, dass ich bis zu unserer Verabredung drei Pfund verloren hatte. Ich fühlte mich beschwingt und glücklich. Ob er es bemerken würde?

Mama kaufte mir zu diesem besonderen Anlass eine neue Bluse, in der ich sehr hübsch aussah, wie sie meinte. In den zwei Tagen bis zum Date strahlte ich wie ein Stern am wolkenlosen Nachthimmel. Und selbst Papa bemerkte, dass ich pausenlos von Markus redete.

Dann war es endlich so weit. Wir trafen uns um 18.00 Uhr vor dem Jugendclub. Markus erwartete mich bereits. Lässig stand er neben der Eingangstür an die Mauer gelehnt. Mein Herz klopfte schnell und laut, als ich ihn erblickte. Erfolglos versuchte ich, den Kloß in meinem Hals hinunterzuschlucken. Ich fürchtete, kein Wort herausbringen zu können.

Markus umarmte mich zur Begrüßung. Als er mich an sich drückte, waren meine Bedenken verflogen. Wir unterhielten uns prima. Das hieß, die meiste Zeit redete er und ich hing wie hypnotisiert an seinen Lippen.

Wie süß er aussah, wenn er sich seine schwarzen Locken aus der Stirn strich. In seinen Augen tanzten ihm bei Lichteinfall winzige gelbe Pünktchen auf der Iris. Es erschien mir wie ein unbegreifliches Wunder, mit ihm den Abend verbringen zu dürfen.

Er bemerkte sogar meine Bluse und fand, ich sah gut darin aus. Da schwebte ich endgültig auf Wolke sieben.

Markus gab mir das Gefühl, mich wirklich zu mögen. Immer wenn wir allein waren, war er nett zu mir. Sobald die anderen dabei waren, behandelte er mich jedoch genauso mies wie sie.

An jenem Abend sah ich uns bereits Hand in Hand über den Schulhof schlendern, verfolgt von den neidischen Blicken der Mädchen aus meiner Klasse. Sie würden nicht verstehen, dass Markus ausgerechnet mich ausgewählt hatte. Mich, die Dicke.

Aber es kam ganz anders. Unerwartet tauchte Melanie auf und setzte sich zu uns. Sie nahm Markus' Hand und küsste ihn zur Begrüßung.

Ich hielt den Atem an und spürte schmerzhafte Stiche in der Herzgegend. Ob die beiden ein Paar waren? Markus schob sie beiseite und zog seine Hand zurück. Und ich atmete weiter.

Dann schaute er mir tief in die Augen und sagte grinsend: »Dein kluges Köpfchen und Melanies Schönheit wäre die perfekte Kombi. Schade. Man kann eben nicht alles haben.«

Meine Welt stand kopf, meine Gefühle fuhren Achterbahn. Wie meinte er das? War das ein Kompliment? Oder eine Beleidigung? Plötzlich zog er Melanie an sich und küsste sie.

Mit einem heftigen Beben zerbrach mein Herz in tausend Teile. Hoffentlich hatte er nicht bemerkt, wie verknallt ich ihn war.

Markus holte Getränke. Ich war mit Melanie allein. Sie nutzte die Gelegenheit dazu, mir brühwarm aufzutischen, wie Markus hinter meinem Rücken über mich herzog. Ich erfuhr, dass er mich die ganze Zeit nur ausgenutzt hatte. Markus machte sich darüber lustig, wie ich ihn mit großen Augen anhimmelte, wenn er etwas von mir wollte und ich auch immer gleich bereit dazu war.

»Wenn ich will, läuft die für mich auch über glühende Kohlen«, hatte er sich angeblich überall gebrüstet.

Eingeladen hatte er mich nur, um mich weiterhin bei Laune zu halten. Als Melanie bemerkte, wie mir Tränen in die Augen schossen, verzog sie nur spöttisch den Mund.

Ich schnappte meine Sachen und rannte aus der Teestube. Draußen schüttelte mich ein Weinkrampf. Nie wieder in meinem späteren Leben hatte ich mich so sehr geschämt wie an jenem Abend. Mein Magen zog sich so schmerzhaft zusammen, dass ich mich krümmte. Später fand ich mich vor unserer Haustür wieder, ohne Erinnerung daran, wie ich dort hingekommen war. Leise schloss ich auf und schlich mich in mein Zimmer. Meine Eltern sollten mich nicht so sehen. Aber sie hatten mich gehört und Mama schaute nach mir.

»Was ist denn nur passiert, mein Mädchen?« Sie schloss mich in ihre Arme. Ich konnte nicht reden und zitterte am ganzen Leib. Daraufhin blieb sie eine Weile still an meinem Bett sitzen und hielt meine Hand.

Nachts stand ich in der Küche vor dem Kühlschrank und erlebte die erste Fressattacke meines Lebens. Stopfte alles in mich hinein, was ich finden konnte. Obendrein leerte ich eine ganze Flasche Limo und schmierte mir auch noch ein paar Brote mit Nussnougatcreme, die ich so liebte. Anschließend erbrach ich mich. Mir war so elend zumute, dass ich am nächsten Morgen nicht in der Lage war, aufzustehen. Ich hatte Fieber.

Mama entschuldigte mich in der Schule. Danach erzählte ich ihr, was am Abend zuvor passiert war. Gegen meinen Willen schleppte sie mich zum Arzt, der mir ein Attest für den Rest der Woche ausstellte. Nach diesen Tagen fiel es mir noch schwerer, wieder zurück in den Unterricht zu gehen.

Frank schlief nach wie vor seelenruhig an meiner Seite. Ich wiederum fiel erst gegen Morgen in einen traumlosen Schlaf.

Der Wecker klingelte viel zu früh. Ich quälte mich mit Kopfschmerzen aus dem Bett. Im Bad sah ich im Spiegel wieder nur die Dicke. Das gute Gefühl vom Abend zuvor hatte sich in Luft aufgelöst.

Schluss damit, beschloss ich in diesem Moment. Es war endlich an der Zeit, die Gespenster der Vergangenheit ziehen zu lassen. Sie sollten mich nicht länger tyrannisieren. Die tragischen Erlebnisse meiner Jugend, die mein bisheriges Leben so massiv bestimmt hatten, wollte ich endlich hinter mir lassen. Ich war fest entschlossen!

Zunächst kaufte ich mir ein hochwertiges Notizbuch in meinen Lieblingsfarben. Dort hinein schrieb ich mir alles von der Seele. Jetzt erst wurde mir bewusst, dass mein ewiger Kreislauf von Diät, Jo-Jo-Effekt, Fressattacken und Frust direkt nach dem Desaster mit Markus und Melanie begonnen hatte.

Ich sah ein, dass ich dieses Trauma ohne Hilfe nicht überwinden konnte. Also suchte ich mir therapeutische Unterstützung. Es stellte sich heraus, dass dies genau der richtige Schritt gewesen war.

Damals, nach dieser leidvollen Erfahrung mit Markus und Melanie, besserte sich mein Zustand erst, als eine neue Familie in unsere Nachbarschaft zog. Zu ihnen gehörte ein Mädchen in meinem Alter. Anke! Wir mochten uns auf Anhieb und freundeten uns rasch an.

Sie war dicker als ich! Trotzdem wurde sie niemals wegen ihres Gewichts gehänselt. Anke war sogar Klassensprecherin und ich stolz darauf, so eine tolle Freundin zu haben. Ihren Körper hielt sie kerzengerade und die Kilos hinderten sie nicht daran, leichtfüßig und anmutig durch ihr Leben zu schreiten. Wie eine Göttin, dachte ich manchmal bewundernd.

Sie trug coole Klamotten in schrillen Farben, obwohl diese ihre Speckröllchen betonten. Anke mochte sich selbst, so wie sie war.

Heute glaube ich, dass genau diese Selbstsicherheit sie vor den Schikanen anderer geschützt hatte. Und obwohl sie so dick war, fand ich Anke bildhübsch. Leider lernte ich nichts daraus und fühlte mich selbst weiterhin erbärmlich. Die Versuche, meiner Freundin nachzueifern, änderten nichts daran. Aus mir wurde keine zweite Anke.

Mein Leben wurde von Diäten und permanenten Schamgefühlen bestimmt.

Die Liste meiner Schlankheitskuren war lang. Ich aß Kohlsuppen, saß in Abnehm-Clubs herum, versuchte es mit Trennkost, verbannte Kohlenhydrate aus der Nahrung. So ging es endlos weiter. Manchmal konnte ich kurzfristige Erfolge verzeichnen. Ich nahm ein paar Kilos ab, nur um anschließend noch mehr Gewicht zuzulegen, als ich vorher verloren hatte. Täglich stieg ich auf die Waage. Wenn der Zeiger wieder nach oben geklettert war, brach ich in Tränen aus. Dann kasteite ich mich zusätzlich mit Sport. In solchen Phasen verschlechterte sich meine ohnehin trübe Stimmung und sank bis auf den Nullpunkt. Im Nachhinein fragte ich mich, wie meine Familie diese Launenhaftigkeit all die Jahre ausgehalten hatte.

Frank verstand ohnehin nicht, warum ich diese Probleme mit mir selber hatte. »Das Leben ist vielfältig«, versuchte er mich mitunter zu trösten.

»Es wäre doch langweilig, wenn jeder gleich aus-
schaute. Ich jedenfalls reduziere dich nicht auf
deine Kleidergröße.«

Kennengelernt hatte ich Frank durch Anke.
Das war kurz vor meinem Studienabschluss. Er
war zu einer ihrer Geburtstagspartys eingeladen,
auf der wir uns zum ersten Mal begegneten. Auf
seiner Seite war es Liebe auf den ersten Blick. Ich
allerdings hatte nach meinem Jugenderlebnis mit
Markus Angst, wieder jemandem zu vertrauen
und mich noch einmal zu verlieben. Darum ging
ich ihm aus dem Weg. Frank ließ nichts unversucht. Er bemühte sich hartnäckig um mich.

Woher sollte ich wissen, dass nicht auch er ein
falsches Spiel mit mir trieb? Dieser gutausse-
hende Typ konnte doch jede haben. Das wollte er
aber nicht. Frank wollte nur mich.

Nach unserem unerwarteten Zusammentreffen in
der Stadt hatte Melanie meine Telefonnummer
herausgefunden. Eines Tages war sie am Appa-
rat, um sich mit mir zu verabreden. Ohne Um-
schweife erklärte ich ihr, nicht an weiteren Be-
gegnungen interessiert zu sein und nicht mehr
von ihr angerufen werden zu wollen.

Nach dem Auflegen des Hörers konnte ich es
selber kaum glauben. Hatte ich das wirklich gesagt?

Ich fühlte mich, als hätte ich eine Prüfung bestanden. Und Markus sowie Melanie schrumpften unvermittelt vor meinem inneren Auge auf Zwergengröße.

Noch am selben Tag fasste ich den Entschluss, mich nie wieder mit Diäten zu quälen.

Aus mir würde keine Gazelle mehr werden und ich wollte auch gar keine mehr sein. Schließlich wurden Gazellen von Löwen gefressen.

Es war ein langer Weg zu meiner verbesserten Selbstakzeptanz. Unterwegs nahm ich jeden Stolperstein mit. Doch ich gab nicht auf.

Während einer Reha-Maßnahme lernte ich, Nahrung nicht mehr als Gegner zu betrachten, meinen Körper nicht mehr als Feind. Im Gegenteil, ich erkannte das Wunderwerk in ihm, das mir täglich mit jedem Atemzug mein Leben ermöglichte. Die Heimstadt meiner Seele.

Fortan wollte ich nur noch das essen, worauf ich Appetit verspürte. Das erschien mir einfach und verlockend. Allerdings hatte ich nicht damit gerechnet, wie schwierig es war, in sich hineinzuhören und seine eigenen Bedürfnisse zu erkennen.

Schritt für Schritt drang in mein Bewusstsein, dass zu einer ausgewogenen Ernährung ebenfalls der Genuss gehörte. Das machte mich zufriedener. Ich nahm nichts mehr ab, aber erst recht nichts mehr zu. Mein Gewicht stabilisierte sich. Meine Stimmung auch. Meinem Umfeld gefiel die neue Maike mit der neuerdings so positiven Ausstrahlung. Dass ausgerechnet Melanie der Auslöser für meine Wandlung war, fand ich ziemlich schräg.

Wenn ich heute im Minirock gekleidet mit meiner Familie in der Eisdiele sitze, bestelle ich mir den größten Eisbecher von allen. Dann lasse ich mir jeden einzelnen Löffel schmecken, ohne dabei auch nur den geringsten Gedanken an meine Figur zu verschwenden.

Frank findet es großartig und freut sich, dass ich endlich genießen kann.

Und das Kleid in Konfektionsgröße vierzig aus meinem Kleiderschrank blieb nicht länger ungetragen. Das habe ich in einer Second-Hand-Boutique abgegeben, wo es rasch eine neue Besitzerin fand.

No risk, no fun

Es nagte an Arne. Mehr noch, es brachte ihn richtig auf die Palme.

Wie konnte das passieren? Er hatte die Buchung doch unter strengster Geheimhaltung abgewickelt. Und nun das. Dieser elende Angeber war ihm schon wieder zuvorgekommen. Bei besagtem Angeber handelte es sich um Ritchie, seinem Nachbarn von schräg links gegenüber.

Eben noch bestens gelaunt hatte Arne sich an den PC gesetzt, um die sozialen Netzwerke zu checken. Dann traute er seinen Augen nicht. Ritchie auf Papua-Neuguinea. Ausgerechnet! Auf jedem Foto posierte blöd grinsend dieser Wichtigtuer. Das war widerwärtig. Und dafür bekam er dann auch noch so viele Likes.

Meine Reisebuchung werde ich sofort stornieren, überlegte Arne. Dann finde ich eben etwas noch Außergewöhnlicheres als Papua-Neuguinea. Er malte sich aus, wie viele Daumen nach oben er dafür ergattern würde.

Arne träumte davon, die Schallmauer von hunderttausend Likes zu durchbrechen. Am Ende übertrumpfte er den Kerl, da war er sich absolut sicher.

Zufall oder nicht, tags darauf flatterte eine Werbemail in Arnes Postfach. Solche Nachrichten löschte er für gewöhnlich sofort. Den Mauszeiger hatte er bereits auf den entsprechenden Button gezogen, als ihn die groß gedruckte Überschrift ansprang:

DIESER ORT BRINGT SIE ZUM STRAHLEN

Das erweckte Arnes Neugier. Entgegen seiner Gewohnheit las er die gesamte Anzeige und sein Grinsen wurde von Satz zu Satz breiter.

48 ° Nord / 9° Ost
Dorthin könnte Sie Ihre nächste Reise führen.

Kreuzfahrten auf einem Luxusliner, Fernreisen an das andere Ende der Welt, mit einem Postschiff durch die skandinavischen Fjorde schippern? Das war gestern!

*Sie haben jetzt die einmalige Möglichkeit, **das** ultimative Reiseziel zu buchen.*

Denken Sie dabei auch an ihre Follower, die nicht mit Nullachtfünfzehn-Fotos gelangweilt werden wollen.

Ihre Unterbringung erfolgt in authentischen kleinen Datschen, dessen romantisches Flair noch nicht durch Renovierungsarbeiten ruiniert wurde. Jedes Häuschen befindet sich im ursprünglichen Zustand und verfügt über einen hübschen Garten mit Brunnen, der Ihren täglichen Wasserbedarf decken wird. Freuen Sie sich auch über Ihr neu erworbenes Improvisationstalent und kommen Sie zu der Erkenntnis: Elektrischer Strom ist völlig überbewertet.

Wenn Sie eher ein Liebhaber des puristischen Wohnstils sind, können Sie alternativ im Appartement eines durch architektonische Reduziertheit bestechenden Plattenbaus wohnen und dort dem Geist eines untergegangenen Systems auf ganz charmante Weise noch einmal nachspüren. Deswegen nennen wir das Haus auch History Live.

Das eigentliche Highlight Ihrer Reise aber stellt das einzigartige Baudenkmal dar. Faszinierend ragt das imposante Gebäude gen Himmel. Zeugnis eines weltweit bedeutsamen Ereignisses.

Um das Gemäuer noch attraktiver zu gestalten, hat man eine Hülle in edlem Grau darüber gesetzt. Seitdem auch liebevoll Sarkophag genannt, ist es nunmehr ein wahrer Hochgenuss für das Auge.

Großartig dachte Arne und las aufgeregt weiter.

Am dritten Tag der Reise kommen wir zum absoluten Höhepunkt. Ein limitiertes Kontingent Sondergenehmigungen ermöglicht es Ihnen, das Denkmal von innen zu besichtigen und jeden Winkel zu erkunden. Nervenkitzel pur.
Das Abenteuer Ihres Lebens!
Die benötigten Schutzanzüge können gegen geringe Gebühr ausgeliehen werden. Die anschließende Dekontaminierung ist kostenfrei.

Wir empfehlen Ihnen, die bis zur Rückreise verbleibende Zeit in der unvergleichlichen Natur zu verbringen. Entdecken Sie atemberaubende Mutationen, wie sie nirgendwo sonst auf der Welt zu finden sind. Erst kürzlich hat man Blaubeeren gesichtet, so groß wie Tennisbälle.

Sie wünschen einen Snack für den kleinen Hunger zwischendurch?

Bedienen Sie sich einfach in diesem Garten Eden. Das Angebot reicht von Obstbäumen, über Beerensträucher bis hin zu verschiedensten Pilzsorten. Alles 100 % bio.

Und das beste kommt zum Schluss: Die ersten zehn Gäste erhalten gratis einen kleinen handlichen Geigerzähler für die Hosentasche. Ihr unverzichtbares Reiseutensil!

Also, zögern Sie nicht. Buchen Sie jetzt!

Arnes Augen glänzten vor Begeisterung, als sich ganz leise seine innere Stimme meldete: Ist das nicht ungesund? »Egal«, dachte er. »No risk, no fun.«

- Ende -

Kontakt: 31storys@use.startmail.com

„Beim Menschen ist kein Ding
unmöglich, im
Schlimmen, wie im Guten."

(Christian Morgenstern)

Da war noch was ...

a six-word-story, eine Geschichte in sechs Worten:

Anvisieren, schießen.
Mann tot.
Wildschwein lacht.